中公文庫

ひと夜の恋

元禄お犬小屋異聞

諸田玲子

中央公論新社

目次

ひと夜の恋

元禄お犬小屋異聞

第一章　嵐の前の静けさのような一日

一

元禄十五年十二月十五日。

変わりばえのしない朝だった。

目覚める寸前の、夢とも現《うつつ》ともつかないもやもやをかき分けようとあがいていると、お犬さまの声が聞こえてきた。

頭の中の霧がいちどきに吹き飛ぶ。

この凄《すさ》まじさをなんにたとえたらいいんだろう。

子供の頃、合戦の話を聞かされたことがある。幾千万の軍勢が地鳴りをたてて攻め込んできたら、こんなふうに聞こえるかもしれない。それとも飛沫《しぶき》を上げる大滝に打たれたら。どしゃぶりの雷雨でもいい。

この中野村に、江戸市中から集められた野良犬を収容する御囲《おかこい》ができたのは、七年前だ。十六万坪もあったのにすぐに満杯になっちゃって二十九万坪に拡張、二年後に増築工事が終わったとき、お犬さまは十万匹に達していたそうだ。二十九万はもとより十万がどれくらいの数か、あたいには見当もつかない。ともかくお江戸まで鳴き声が聞こえたくらいだから仰天する。

今はもう、そんなにはいない。

といったって何万匹の吠《ほ》え声ともなれば圧巻だよ。朝は鶏の声の代わり、夜は子守歌代わり、夏は蟬時雨《せみしぐれ》をかき消し、秋は蛙《かえる》の声をしのいで二六時中まつわりついてくる。いいや、そんな生やさしいもんじゃない。毛穴という毛穴から入り込んで、体の奥底をぐわんぐわんゆすぶっている。

ここへ来た当初、あたいはひどい頭痛に悩まされた。はじめはみんなそうらしい。ようやく馴《な》れた頃には、ご多分にもれず、無口になっていた。がなり立てなきゃ聞こえないんじゃ、話をするんだっていいかげんおっくうになっちまうもん。

仰向けになったまま、鼻をひくつかせた。

獣の臭いを吸い込む。

武蔵野は風が強い。西からの突風が吹く日など、生臭くて饐《す》えたような、それでいてなんとも言えずなつかしい臭いで鼻の中がいっぱいになる。そんなとき、あたいはついあたりを見まわしてしまう。雷光《らいこう》がそばにいるような気がして。

今朝は獣の臭いに別の匂いが混じっていた。ありきたりの鼻では嗅ぎ分けられないほどかすかなのに、それでいて鼻の奥までしみるような……。

あたいの鼻はお犬さま並みだ。見聞きするより先に嗅ぎ分ける。

師走に入ってから、凍《い》てつく寒さがつづいている。先おとといは雪が降った。昨日もぱらついた。これはそう、そこここに残った積雪が音もなく溶けてゆくときの匂いかもしれない。なにかが消えてゆくときってのは、洗い立ての髪が風になびくときみたいに、まっさらで湿った匂いがするものだ。

それにしても、夜間の寒さといったらない。夜具にしてる筵《むしろ》は温まるのが遅い上に、寝返りを打てばたちどころに体が冷える。粗い目を突き抜けて寒気が肌を刺すもんだから、夜中に何度も起こされる。

掻巻《かいまき》を顎まで引き上げた。寝床を出る前のひととき、破《や》れ板の隙間から朝の光がにじんで闇が褪《あ》せてゆくさまを眺める。

御囲に住み着いて四年になる。夜は毎夜ちがっても、朝はいつもおんなしだ。お犬さまの鳴き声。獣臭。寒気、でなければ暑気。いじけたように消えてゆく夜の気配。

両手を搔巻から出して、手首をまわした。

お犬さまの世話は重労働だ。水桶《みずおけ》や餌桶、糞尿《ふんにょう》で重くなった布団を運ぶから手がだるい。ただし、左手首の鈍痛にかぎってはそのせいじゃない。

昨夜、孫兵衛《まごべえ》のろくでなしが力まかせにねじったせいだ。

ふん。孫兵衛なんかと寝てやるもんか。

いつだったか、孫兵衛はこっそりお犬さまを蹴飛ばしたことがある。以来あたいは、五匁《もんめ》が十匁になったってあいつとは寝ない。あたいにだって心意気ってもんがあるんだ。

あたりが白むのを待って寝床から這《は》い出した。

布子《ぬのこ》の上に搔巻をはおり、垂れ髪を紐《ひも》で結わえる。布子は藍地に縞木綿の袷《あわせ》だ。膝のあたりがすりきれている。帯は流行《はや》りの廃《すた》れた名古屋帯。色とりどりの紐を縒《よ》り合わせたもんだけど、手垢《てあか》にまみれて今じゃ色なんかわかりゃしない。

夏の間は湯帷子《ゆかたびら》で寝ていた。寒くなってからは袷を着たままだ。袷は一枚しかない。褪せようが汚れようがお犬さま相手、かまやしない、とはいうものの――。

お吉坊《きちぼう》がこのなりとはねえ。

吐息がもれた。贅沢《ぜいたく》のし放題だった昔に戻りたいっていうんじゃないよ。我が身の変わりようにあきれ果てているだけさ。

下駄をつっかけて土間へ下りた。

水桶の水面にうっすらと氷が張っていた。柄杓《ひしゃく》の先で氷を割って水をすくう。柄杓の柄が折れているのは、数日前に与吉《よきち》をこいつで殴ったためだ。与吉はタダで乗り逃げしようとした。あたいに殴られてしぶしぶ銭《ぜに》を放って寄こした。与吉の折れた歯は貯めこんだ銭と一緒に瓶《かめ》へ入れてある。

口をゆすぎ、喉を鳴らして水を飲んだ。冷たさに鳩尾《みぞおち》がきゅんとちぢこまる。

つっかい棒をはずして路地へ出ると、案の定、凍てつくような寒さだった。庇《ひさし》や道端にはまだ雪が残っていて、地面に霜が下りている。風はない。このぶんなら、朝霧が退散すれば久々の晴天になるかもしれない。

霜を踏みつけて、井戸端へ出てゆく。

隣家のおよねさんが洗濯をしていた。布子の裾をまくり上げ、洗濯桶の中に立って洗い物を踏みつけている。ふくらはぎもくるぶしも、鼻の頭まで真っ赤だ。

鼻といえば、およねさんの鼻は鳥の嘴《くちばし》みたいだ。受け口で顎に黒子《ほくろ》がある。いつ見ても顔色がわるい。訊《き》いたことがないからわからないけど、歳《とし》は三十くらいに見える。あたいは反対に小柄なんで歳より若く見られる。もしかしたら、およねさんもあたいとおんなし二十三、四かもしれない。

およねさんは御囲で働く人足たちの賄《まかな》いをしている。早朝、賄い場へ出かけ、夕刻になって帰って来る。長屋の女たちのだれもがしているように、夜は家でもうひと稼ぎする。別にどうってことじゃない。御囲は男だらけだ。その気にさえなれば、いくらだって手っ取り早く稼げるんだ。

目で挨拶を交わし合った。

ここは一の御囲の北、二の御囲の西にあるお犬屋敷予定地だ。本来ならここにも御囲ができるはずだった。五つまで御囲を増やしたところで増築が終わっちまって、空き地のまんま取り残された。五万坪近い敷地の一隅に御囲人足の掘立小屋が建ち並び、女たちの住まいのおんぼろ長屋がひとかたまりになっている。

あたいが来たときは、長屋はまだ三つ四つしかなかった。今じゃ数え切れない。死んだ蟬に群がる蟻《あり》みたいに、食い詰めた女たちが集まって来たってわけ。

あたいは銭を稼ぐために来たんじゃないよ。そりゃあ銭だって欲しいけど。

雷光を探しに来たんだ。

見つからなかった。

見つかるもんか、死んじゃったんだから。

その代わり権太《ごんた》や次郎兵衛《じろべえ》や小矢太《こやた》や疾風《はやて》や月子や星影や、たくさんの仲間ができた。あたいを白い目で見ない仲間だ。銭で買わない仲間だ。尻尾《しっぽ》を振って、湿った鼻をすり寄せて来る仲間だ。

あたいは生き返った。

雑穀まじりの米をといでいると、女たちが次々に起き出して来た。およねさんは腰を上げた。あたいとおんなしで人嫌いだ。脇をすりぬけるとき、洗濯桶の中身が見えた。襦袢《じゅばん》と腰巻。昨夜はたっぷり稼いだってこと。

女たちは顔を洗ったり、水を汲《く》んだりしている。互いの耳に手を当てて、ひそひそ話をしてる者たちもいた。視線からおよねさんの悪口を言ってるのがわかる。

あたいのことだって、後ろを向いて歩き出したとたんに悪口を言うんだよ。

犬吉は気が狂《ふ》れてるって、お犬さまに取り憑《つ》かれてるって……。

いいさ。なんとでも言っとくれ。

あたいはおよねさん以外の女たちの名を知らない。お犬さまの名ならいくらだって言えるのに。

家へ入ろうとして東の空を眺めた。

あの空の下にお江戸がある。

逢いたい人がいるわけじゃなし、帰る家があるわけじゃなし。戻りたいとは思わないけど、だからって忘れたわけじゃないんだよ。爪先まで思い出が詰まってる。

なぜだろう、今朝はお江戸がすぐそこにあるような気がした。

「お江戸でも雪、積もってるかねぇ」

独りごとを言って白い息を吐く。息が空に溶け込むのを見て、あたいはくすんと鼻を鳴らした。

食事は朝晩二回だ。食べておかないと身がもたない。なにしろ重労働だから。

七輪《しちりん》で湯を沸かして粥《かゆ》を煮た。

来たばかりの頃は、火打箱の使い方さえわからなかった。お江戸では他人まかせの暮らしをしてたんだ。

今じゃたいていのことはできる。粥ももう焦がさない。

「雷光。おまえもお食べ」

二つの椀《わん》に粥をよそった。

香の物をそえただけの朝餉《あさげ》だ。

「こんなもん、いやかい。そう言わずにつき合っとくれよ」

　御囲のお犬さまには、白米に味噌《みそ》、干鰯《ほしか》が毎日のように与えられる。ついでに言えば、犬小屋には布団が敷きつめてある。人間さまよりずっと待遇がいい。

　幻の愛犬に話しかけながら、朝餉を済ませた。

　女たちがあたいのことを気が狂れてるって言うのは、あたいがしょっちゅう目に見えない雷光に話しかけるせいだ。人とは話をしないのに、独りごとばかし言ってるから気味がわるいんだろう。

　でもね、あたいには雷光が見えるんだよ。鼻先から尻尾の先まで四尺近くある逞《たくま》しい体も、艶やかな薄茶色の毛並みも、くるんと巻き上がった尻尾も、ぴんと立った三角の耳も、湿った鼻も頑丈な歯もやさしい目も……。

　手つかずの椀を土間の隅に置いた。

　これは夕餉にしよう。

　雷光を抱きしめ、頬ずりをした。生き物の臭いがふわっとただよう。

いい子だね。おまえだけだよ。あたいのこと、ほんとに大事だって思ってくれるのは。あたいだっておまえがいちばん大切さ。大切なもんがあるってのはうれしいね。

　口をゆすいで、厠《かわや》へ行って、搔巻を脱ぎ捨てて長屋を飛び出した。

ここにいる女たちは——少なくともあたいが知ってる女たちは——お犬さまには近づこうとしない。自分から御囲へ来たっていうのに。

ここへ来た日、お役人さまのお検《あらた》めがあった。あの頃はお犬さまが増えすぎておおわらわの時期だったし、お検めといったってほんの形ばかりだ。臑《すね》に傷があろうが、腕に入れ墨があろうが、見て見ぬふりさ。

女はひとからげに賄い場へ連れてゆかれそうになった。

あたいは談判した。人さまのおまんまを作るためにやって来たんじゃない、お犬さまの世話をするために来たんだ、あたいをお世話係にしておくんなさいって。

妙な顔されたっけ。

——おまえよりでっかいお犬さまもおられる。

へいちゃらさ。と思ったけど、一応うなずく。

——気の荒いお犬さまばかりだ。

だからなんなのさ。と思ったけど、もう一度うなずいた。

——食い殺されるやもしれぬぞ。

うっかり忍び笑いをもらした。

お犬さまが人を食い殺した話なら、あたいも聞いたことがある。

御囲には何万匹もお犬さまがいるんだ。中には気の荒いお犬さまもいようし、ひねくれたお犬さまもいよう。人を見たら襲いかかろうとするお犬さまだっているはずだ。けれどどう見ても、あたいには、両刀を腰に差し、仁王立ちになって睨《にら》みつけてるお役人さまのほうが恐ろしく思えた。

――なにがおかしい。

――はい。いえ、食われないようにいたします。

神妙に言ったつもりだった。言い方が気に障《さわ》ったのか、それとも忍び笑いが気に入らなかったのか、お役人さまは鼻を鳴らした。

――藤左衛門《とうざえもん》に引き渡せ。

控えていた部下に命じた。

藤左衛門とはお犬さまお世話係の人足を束ねる頭領だ。

あたいは罪人のように追い立てられ、藤左衛門さんのとこへ連れてゆかれた。

藤左衛門さんは五十がらみの恰幅《かっぷく》のよい男で、物言いは穏やかだが目つきが鋭い。見るからにただ者じゃなさそうだ。ふっと廓《くるわ》の主《あるじ》の顔を思い出した。銭のある客には愛想がいいけど、ないとわかると手の裏返したように冷淡になる。いつだったか帳場を覗《のぞ》いたら、鬼のような形相《ぎょうそう》であらぬ方を睨んでたことがあったっけ。

頭領の下には一から五までの御囲の人足頭がいる。あたいは二の御囲の伊助《いすけ》さんという頭《かしら》に預けられた。二の御囲には主に牝犬《めすいぬ》と子犬が集められている。御囲ができた当初は、牝牡《おす》いっしょくただったそうだ。次々に子が生まれ、増える一方なので、あわてて引き離した。

あの頃は、途切れる間もなく、お犬さまを乗せたお犬駕籠《かご》がやって来た。青梅《おうめ》街道沿いの中野村上宿・中宿・下宿は大にぎわい、慈眼寺《じがんじ》の角を北へ曲がって御囲へ出る細い道なんか、押すな押すなの人だかりでまともに歩けやしなかった。

お犬さまのお産もひっきりなしだったっけ。そういえば、あたいの初仕事もお産の介添え役だった。

とにかくお犬さまは増えつづける。小屋は満杯。人手も足りない。

餌代はお江戸の町家一軒一軒から小間割で年一分ずつ集めているそうだけど、十万匹ともなりゃえらい物いりだ。一匹につき一日白米三合もお食べいただくってんだから、どうしたっておっつかない。

お上《かみ》も頭を抱えたんだね、きっと。

おととしあたりから、まわりの村の衆がお犬さまのご養育を請け負うようになった。

といっても農夫が十四二十四匹連れ帰ったところでたいして変わりゃしない。

で、今年になって、御囲の土地の一部を村へ返すことになった。その代わり、もっとたくさんのお犬さまを養育すべしとお触れが出された。お犬さま一匹につき年二分の手当が支給されると聞いて、我も我もとご養育を申し出る者があらわれた。

お犬さまの数が少なくなったってのは、つまりそういうわけ。

お江戸から運ばれて来るお犬さまの数が頭打ちになった。牝牡別々にしてるから子は生まれない。村の衆がご養育を請け負った。それにあたいはもうひとつ、お犬さまが少なくなったわけを知っている。

北と西、二ヵ所にある犬埋場《いぬうめば》へ行ってごらん。

これ以上どこに埋めるのかってくらい、お犬さまの骨があふれてるから。

この一、二年、お犬さまはやたら死ぬようになった。毛がいっぱい抜けて、歯がぼろぼろになって、足が立たなくなって、虚《うつ》ろな目になって、なにも食べられずに死んでゆく。犬医者が駆けまわり、お犬役人がおろおろして、あたいたちが懸命に看病しても助からない。

この夏も、手塩にかけて育ててきた桃太郎と花代《はなよ》が相次いで死んじまった。

腹いっぱい白米食べて、雨露しのぐ小屋で暮らしてるってのに、どうして死んじまうんだろう。犬医者もお役人も首をかしげている。

二

辻番所が見えてきた。

辻番所は御囲のまわりに十余カ所あって、お侍さまが交替で見張りをしている。大事な大事なお犬さまだもの、狼《おおかみ》なんかに襲われたらたいへんだから。武蔵野には熊や狼が出る。沼袋村でついこのあいだお犬さまが狼に食われたっていうから、作り話じゃないんだよ。

辻番所の入口で、刺股《さすまた》を肩に担いだお侍さまが立ったままいねむりをしていた。番所の屋根にうっすらと雪が残っている。霧は晴れて、冬の淡い陽射しに雪のかけらがきらめいていた。お犬さまの鳴き声さえ聞こえなきゃ、のどかな鄙《ひな》の景色だ。

御囲の竹矢来に沿って南へまわり込んで、二の御囲の御門へ出た。

南方にはお犬同心のお長屋が並んでいる。ここからは見えないけれど、お長屋の向こうには犬小屋奉行さまのお屋敷や、犬小屋支配、営築組頭、犬医者といったお役人さまの家があると聞く。

お長屋から立ちのぼる朝餉の煙に、あたいはお江戸の匂いを嗅いだ。ここから眺める一画だけが人の住む町らしいたたずまいだ。お江戸を捨てたあたいは、というよりはじき出されたあたいは、これから先も、足を踏み入れることはないだろう。

門前は混み合っていた。カルサン（ゆったりして裾がつぼまった袴《はかま》）姿の人足衆や羽織袴のお侍さまの他にも、米俵や野菜籠を担いだ百姓、荷車を引く人足が行き交っている。いつもながらの忙しい朝だ。

門の両脇にお犬同心のお侍さまが立っていた。

あたいは腰をかがめて辞儀をした。

毎朝のことなので、いちいち手形は見ない。お侍さまは門の内へ向かって顎をしゃくり、あたいは身を低くしたまま御囲の中へ入った。

二の御囲は五万坪ほどの広さがある。五万坪ってのは、大名屋敷を七つも八つも集めた広さになるそうだ。お江戸にいた頃、内藤大和守《ないとうやまとのかみ》さまのお屋敷のまわりを歩いたことがあったけど、ずいぶん歩きでがあったっけ。

そういえば、あのお屋敷もなくなっちまった。中野村に御囲ができたから往来がひっきりなしになって、それで大和守さまがお上にお屋敷を返上して、その跡に内藤新宿って宿場町ができたんだ。御用犬って幟《のぼり》を立てたお犬駕籠やら、御用竹を積み上げた荷車やらで宿場は大にぎわい。お江戸では洗いざらい持っていかれて、竹が一本もなくなったって話だ。

二の御囲は、南側の大半が中野村、北の一郭が新井村の農地だった。今では百余の犬小屋がびっしり建ち並んでいる。犬小屋は竹を組んで造ったもので、屋根は板屋根。形はどれもおんなしだけど大きさは大小さまざまだ。そのほか、二の御囲には内部がいくつにも仕切られたお犬屋敷もある。獰猛《どうもう》なお犬さまが殺し合いの喧嘩《けんか》をしないよう、引き離しておくためだ。

それから子犬養育場や餌飼場《えさかいば》、釜屋や井戸もある。運ばれて来たときから腹のふくれたお犬さまもいるから、子犬養育場もなくしてしまうわけにはいかない。

人足頭の伊助さんの話では、お上は、四の御囲、五の御囲にいる牡犬から順に近隣の村々へ預け、御囲のあった土地を沼袋村、高円寺村、中野村に返して、昔のような田畑に戻してゆく算段だとか。

――そんなら御囲、いつか、なくなっちまうのかい。

驚いて訊《たず》ねたら、伊助さんは欠けた歯をむき出して笑った。

伊助さんは鼠《ねずみ》みたいに貧相なのに、海千山千の人足たちを束ねている。そう思って見れば、眼光に底知れない怖さがあるような気もする。まだ本性を見たことはないけれど。

――なくなってたまるか。こんだけのお犬さま、食っちまうわけにもゆくめえが。

小っちゃな目玉の奥で火花が飛んだ。

そうだよね。牝犬、子犬、病犬、猛犬……そうそう引き取り手なんか、あるわけないよね。

真っ先に子犬養育場へ向かった。

少し前まで手のひらでくうくう鳴いてた赤ん坊だ。目が開き、歯の生えそろった子犬たちが元気に育っているかどうか、たしかめないと一日がはじまらない。

霜は溶けてるけど、地面はぬかるんで歩きづらい。今日こそ寒気が和らぐかと思ったのに、太陽はもう雲間に隠れちまった。例年にない寒さはまだ当分つづきそうだ。

子犬養育場は東の一画にあった。柵で囲われた草原――といっても今は枯れ野――が一列に連なり、それぞれ片隅に犬小屋が建っている。ここに集められているのは生後一ヵ月から半年ほどのお犬さまだ。

柵に近寄る。

孫兵衛がいた。あたいを見て、唾を吐き捨てる。

孫兵衛は昨晩、十匁であたいを買おうとした。

——百匁だってごめんだね。とっととお帰り。

すげなく追い返したんで腹を立てている。

知らん顔で柵の中へ入ってゆくと、拳《こぶし》をにぎりしめて身構えた。

「このアマっ子、なめやがって」

唇が動いた。ごつごつした体、ゆがんだ顔、今しも拳固《げんこ》が飛び出しそうだ。

殴りたきゃ殴ってみな。怖くなんかないよ。あんたはお侍さまじゃないもん。あたいが怖いのは、狂犬の目玉みたいに青白い光を放つ、お侍さまの刀だけさ。

怨みがましい目で見返しただけで、孫兵衛は背を向けた。頑丈な体を左右にゆすり、肩を怒らせて去ってゆく。

孫兵衛が置き捨てていった水桶を犬小屋の入口まで運び、戸を開け放った。

「さあ、みんな、朝だよ」

一番に耳子《みみこ》が駆けて来た。白と茶の斑《まだら》の牝犬で、二カ月ほど前に生まれた。体のわりに耳が立派で、ぴんと立ってるから耳子だ。

その耳を後ろへ倒し、ちぎれるほど尻尾を振って、あたいのまわりを跳ねまわる。

他の子犬たちも次々に駆けて来た。大きいの小さいの白いの黒いの茶色いの、この一画だけで三十数匹。

小屋の中へ入って水桶の水をつぎ足し、食い残しの餌をひとつに集めた。

獣臭と糞尿の臭いで鼻がもげそうになる。汚れのひどい布団を表へ運び出した。新しい布団と取り替えるのは午後の仕事だ。

部屋の隅に菊丸《きくまる》が横たわっていた。しどけなく手足を伸ばしている。

「どうしたんだい」

近頃では、毎朝決まって元気のない子犬がいた。菊丸は尻尾を振るのも大儀《たいぎ》そうで、口元に片手を差し出すと力なく指をなめた。

やせ細った子犬を抱き上げて小屋を出る。

他の子犬たちは寒さなどものともせずに駆けまわっていた。ぬかるんだ泥が飛び散って、そろいもそろって斑犬になる。

ひとわたり見渡したところで、あたいは「あっ」と声をもらした。

雷光がいた。子犬だった頃の雷光だ。薄茶色のきらめきが矢のように子犬たちの間を駆け抜けた。

ほんとだってば。ほんとに見えたんだ。

あたいは呆《ほう》けたように地べたへしゃがんだ。

はじめて雷光に出会ったのは十七年前、廓の裏庭だった。あの男がやって来て、あたいに子犬を押しつけた。

――お吉坊。こいつの世話をしろ。

言うなり、廓の中へ入っちまった。

あの男っていうのは、幾千代《いくちよ》姉さんの相方のお侍さまだ。目をまわすほど派手ななりをして、いつも大っきな犬やら妙ちきりんなお仲間やらを引き連れていた。ああいうお侍さまのことを旗本奴《はたもとやっこ》というんだって。当時は旗本奴がいっぱいいて、お江戸中をのし歩いていたんだよ。

あたい？　あたいは生まれも育ちも廓ん中だ。ややこを水にしそこねた太夫《たゆう》がおっ母《か》さんで、男の子なら里子に出すところが女の子だったもんだから、そんならちょうどいい、ゆくゆくはおっ母さんの代わりにお職《しょく》を張らせようってことになったんだとか。

おっ母さんはお産で死んだって聞いたけど、それだってほんとかどうか。流れ流れて、場末の女郎屋かどっかで生きてるかもしれないよ。廓じゃそんな話、ざらにあるんだ。

雷光に会ったとき、あたいは六つか七つの、切り下げ髪の禿《かむろ》だった。

――この子は末恐ろしい子供でありんす。耳たぶは桜貝、肌は白雪、ざっくりした眸《め》も、ふっくらした口元も、しんねりしたうなじも、わっちが男ならひと目でとりこになりんしょう。それにコレ、小面憎《こづらにく》いほどの色香。生まれながらの太夫でありんすえ。

そう言って、幾千代姉さんが可愛がってくれたっけ。

それからというもの、旗本奴は決まって雷光を連れて来た。姉さんと部屋にこもっている間、あたいは雷光の世話をした。

犬臭くなるって廓の連中は眉をひそめていたけれど、そんなこと、面と向かって言えやしない。あの頃は旗本奴と聞いただけでふるえ上がったもんだ。徒党を組んで狼《ろう》藉《ぜき》のし放題、お上だって手をこまぬいていたんだから。

かわいかったねえ、子犬の頃の雷光は。耳子のように耳はぴんと立っていたし、目は幾千代姉さんが大切にしていた漆《うるし》の文箱《ふばこ》よりもっと深い黒色だったし、それにあの艶やかな毛並みといったら。御囲の何万ものお犬さまの中にもかなうもんはいやしない。背や腹は姉さんお気に入りの綸子《りんず》の着物とおんなし薄茶色だけど、足と尻尾だけは雪のように真っ白で。

それだけじゃないよ。雷光は賢かった。強かったし、やさしかった。

よくじゃれ合ったものさ。あたいが泣いてると、涙をなめてくれたっけ。

どうしておまえは、あたいを置き去りにして逝《い》っちまったんだい。

むごたらしい場面が目に浮かぶ。

思い出を振り払おうとしたとき、餌飼場の方角で粂蔵《くめぞう》さんが柄杓を振りまわしているのが見えた。早く餌を取りに来いと言うんだ。

粂蔵さんは餌飼場の賄いで、ひょろりとした陰気な男だ。

菊丸を草場に寝かした。

まずは餌をやらなけりゃ。餌を待ちわびてるお犬さまは数知れない。

外へ出るなり、腕をつかまれた。

御囲へやって来て間もない若造である。腕っ節は強そうだが、頭は軽そうだ。すさんだ目つきからして、ごろつきのなれの果てだろう。

名前はええと……忘れた。

「痛いじゃないか」

あたいは身をよじった。

「今晩、行くぜ」

若造は耳もとで声を張り上げた。お犬さまの声にかき消されないように。汗と体臭の入り混じった男の臭い、獣より獣じみた臭いがあたいの鼻先をかすめる。

　若造はふところから銭を出して見せびらかした。

　ひったくろうとすると素早く引っ込める。

「先客がいなけりゃね」

　あたいは腕をもぎ放した。

　ここにいる男たちは、どいつもこいつも盛りのついたお犬さまみたいだ。お犬さまより始末がわるいのは、年がら年中、目をぎらつかせてるってこと。

　もっとも、女たちだってそれを目当てに集まって来たんだ。どっちもどっち、今さら上品ぶることもないやね。

　人足は雑居だ。家族がいても、ここでは独り身だ。

　お侍さまもそう。大半が家族をお江戸に置いて、独りでここに住んでいる。こんな騒々しいとこじゃ、お武家の奥さまやお嬢さまが暮らせるはずがない。

　お侍さまだって男だから、こっそり女を買いに来るお人もいる。けど噂《うわさ》が広まるのを怖れて、たいがいは内藤新宿まで出かけてゆくらしい。

　あたいは、お侍さまには買われたことがない。

　いやなこった。お侍さまに抱かれるくらいなら、頭の軽い若造のほうがまだましだ。あれこれ思い出すのはこりごりさ。

餌飼場はごった返していた。白米を味噌で煮て干鰯の細切れを混ぜ込んだ粥が、ずらりと並んだ大釜で湯気をたてている。甘辛い味噌の匂いはいつもなら食欲をそそれる。

今朝はなぜか虫酸《むしず》が走った。

あたいの鼻は、嗅げるはずのない臭いまで嗅いでしまうんだ。見えないはずの雷光の姿が見えるように。

なにかが――臭いともつかないなにかが、胸をざわめかせた。

雷光が死んだ朝もそうだった。花の香を嗅いだとたん、胸がざわっとした。めまいがして、吐き気がした。あっという間に消えちまったけど、あれは、もしかしたら死の臭いってやつだったのかもしれない。

順番を待って、餌桶に粥を入れてもらった。

人足たちは一様に唾を呑《の》み込んでいる。人間さまの雑穀まじりの粥より上等だから、陰でこっそりすするやつもいる。

あたいが御囲へ来る前の年は、お江戸で二度、大火があった。ここへ来たばかりの秋は暴風雨が吹き荒れ、各地に被害をもたらした。作物がすっかりやられちまったんで、お江戸は大飢饉《だいききん》に悩まされたと聞く。おととしも大火があった。おまけに東国の飢饉はますます深刻になった。それでもまだいいほうさ。

去年は目も当てられなかった。夏以来ずっと雨がつづいて、寒いったらない。作物は全滅。お江戸じゃ餓死者が山をなしたって噂だ。

そんな有りさまだもん、御囲へ流れて来た人足だって食い詰めもんばかり。白米の粥に涎《よだれ》が出るのもむりはない。

——代われるもんなら代わりてえや。恨めしげに吐き捨てるやつもいる。孫兵衛はお犬さまを蹴飛ばした。だれの仕業かわからないけど、棒で殴られたお犬さまもいる。病に罹《かか》ったのに放っておかれて死んじゃったお犬さまも。わからないわけじゃないよ、あたいだって。お犬さま以下の暮らしがみじめでやりきれなくなるってことくらい。けど、八つ当たりされたお犬さまこそ、いい迷惑ってもんじゃないか。

男たちに混じって餌運びに専念した。通りすがりに物欲しげな目を向けてきたり、おっぱいやお尻に触るやつがいるのは毎度のことだ。来たばかりの頃はいちいち腹を立てた。今じゃ慣れっこだ。睨みつけるか、唾のひとつも吐きかけてやるか。

「銭よこしな。触らせてやるから」

髪を引っぱられたら、臑でも蹴飛ばしてやればいい。

男どもを振り払って小屋へ入る。

お犬さまが待ちかまえていたようにすり寄って来た。

「星影、おはよ。月子、今朝はどうだい」

自分でもおかしいけれど、お犬さまに話しかける声は別人のようにやさしい。なでる手も抱き寄せる腕も、男どもに抱かれたときとは大ちがいだ。

餌をやり、水をやり、汚れのひどい布団を取り替え、怪我《けが》や病のお犬さまはいないか、いつものように見てまわった。

奥まった一画にお犬屋敷がある。そこには大っきな部屋と、たくさんの小っちゃな部屋があって、獰猛なお犬さまが暮らしている。

猛犬はわざと一緒にしとくんだ。そのほうが早く牙を引っ込めるから。

雷光もそうだった。

あの頃は四尺も五尺もある唐犬《からいぬ》を飼うのが大流行りで、お旗本やお大名はこれみよがしに連れ歩いていたものだ。大名行列の唐犬が道端の子供を嚙《か》み殺した、なんて話もあったっけ。

雷光の飼い主は数頭の唐犬を飼っていた。雷光もしょっちゅう喧嘩をした。一歩も退《ひ》かずに闘った。雷光の強さがわかると、他の犬は喧嘩を仕掛けなくなった。

ここでは、お犬さまが本気で殺し合いの喧嘩をはじめたら、水をかけて引き離す。犬分水《いぬわけみず》は御囲のどこの小屋にも蓋つきの桶に入れて置いてある。それでも手に負えないお犬さまは、小部屋へお入りいただく。

綱でつなぐのは禁じられているんだ。

百姓がご養育犬を連れ帰るときだけは許されているけど、それだってずいぶんうるさい決まりがあるんだよ。首輪は真綿で作ったもんじゃなきゃいけないし、綱だって荒縄なんかとんでもない、絹糸を縒り合わせたもんじゃなきゃならない。百姓家にそんなもんはないから、お犬役人が下げ渡す。

年二分のご養育金欲しさに、一家総出でお犬さまを引き取りに来る。真綿の首輪をして絹の綱につながれたお犬さまを四匹も五匹も引き連れたお父《とっ》つぁんの後ろから、これも下げ渡された真綿の布団を担いで、荒筵や藁《わら》でしか寝たことのない子供たちがよろよろついてゆく。そんな光景を、ここでは毎日のように目にしてる。

話が横道にそれちまったね。

獰猛なお犬さまのいるお屋敷へは、あたりまえだけど、だれも行きたがらない。

御囲の増築工事をしていた頃、お犬さまの喧嘩を止めようとしたお侍さまが食い殺されたのもこのお屋敷だとか。

――くわばら、くわばら。おっ母、死にたくねえよう。

情けないねえ、男のくせに。

――頼む。犬吉。この通りだ。

拝み倒されて、毎度あたいが行くことになる。

お犬さまが怖くてお世話係が務まるかってんだ。

与吉の歯をへし折ろうが、孫兵衛に門前払いを食わせようが、だれもあたいにわるさができないのは、あたいがいなけりゃ、獰猛なお犬さまを鎮められないからなんだ。

小部屋は格子囲いで、引き戸の下方に餌と水の差し入れ口がある。さすがにここでは、あたいも歓迎してはもらえない。吠えかかられたり、歯をむき出しにして唸《うな》られたり。一度ならず嚙みつかれたこともあったっけ。

それでも一匹一匹名を呼んで、じっと目を見つめると、たいがいはおとなしくなる。

「かわいそうに。おまえも寂しいんだね。あたいだっておんなしさ」

ここへ来るまでの二十年近く、あたいも囚《とら》われの身だった。

大部屋には十数匹のお犬さまがいた。いずれ劣らぬ猛者《もさ》ばかりだ。本気でかかってこられたら、この中の一匹が相手だってかないはしない。目をそらしちゃいけない。背中を向けちゃいけない。怖がらないこと。気の荒いお犬さまとつき合う心得だ。

あたいには雷光がついている。

「権太。おいで。疾風。おまんまだよ。おや、次郎兵衛。喧嘩でもしたのかい。血が出てるよ。あとで薬を塗ってあげようね」

馴れ合ったり、すり寄ったりしないお犬さまが、あたいは好きだ。ここにいるお犬さまは生まれつき獰猛なんじゃない。ただ怒ってるだけ。

なんに……。

そこまではわからないけれど。

三

餌飼場へ戻り、重い餌桶を下げて小屋をまわる。

今朝はいつにもまして衰弱したお犬さまが目についた。

これまでも何度か流行り病に悩まされた。長雨がつづいた去年の夏なんか、一匹残らず死に絶えた小屋がいくつもあったっけ。けれど近頃のように、あっちの小屋こっちの小屋で一匹二匹と衰弱してゆくお犬さまを見つけるのは、はるかに不気味だ。病に罹ればたちどころに犬医者が飛んで来る。お江戸広しといえども、薬の買える人間がどれほどいるってのさ。お犬さまには高価な薬だってあるのにねえ。

あたいは十三年、雷光といっしょにいた。晩年は食が細くなっていたし、目もかすんでいた。起き上がるのがおっくうなのか寝そべってばかりいた。でも、あの事件がなかったら、まだ一年や二年は生きてたかもしれない。

犬小屋をまわり終えたときは、午《ひる》近くになっていた。

このあとは手分けをして病気のお犬さまを病犬小屋へ運ぶ。糞を肥溜《こえだめ》に集める。汚れた布団の洗濯をする。夕方もういっぺん餌と水を与えて一日の仕事を終了する。

あたいは子犬養育場へ戻って、菊丸を抱き上げた。大っきなお犬さまは戸板や犬駕籠で病犬小屋へ運ばれる。重くて手に負えないから。子犬はあたいの領分だ。

病犬小屋は御囲ごとにあった。お犬役人の詰所もそれぞれに置かれている。

病犬や犬の死骸は、まず詰所でお犬同心のお検めを受ける。病犬は許可を得て病犬小屋へ運び込めば済むけれど、死骸の場合は厄介だ。

御囲には、お犬同心の他に、お犬目付という検死役のお役人がいた。お目付さまはお犬さまの性別・出身・年齢・毛色・死因なんかを細かく記録した上で、お犬奉行に報告する。お奉行さまのお許しをいただいて、はじめて埋葬人足の手に下げ渡されるってわけ。

詰所はお江戸の町々にある自身番屋のような板造りの小屋で、入口は腰高障子、とっつきは土間、その奥に板敷と座敷がつづいている。

いつもなら数人のお犬同心が詰めているはずが、この日は人の声も物音も聞こえなかった。

「ごめんなさいまし」

戸が開いてたんで足を踏み入れた。

板敷にはだれもいなかった。薄暗くてひんやりしている。

引き返そうかと思ったら、草履がひとつ、脱ぎ捨ててあるのが見えた。座敷を透かし見て、思わずあたいはあとずさりした。

板敷と座敷の境の障子が半開きになっていた。開いたほうの半分から裸足《はだし》の脚が二本、突き出ている。

はじめは骸《むくろ》だと思った。急死した人足が運び込まれたんじゃないかと。

息を詰め、障子の後ろを覗く。

人足ではなくお侍さまだった。無造作に袴を脱いだのか、太股《ふともも》のあたりで着物の裾が丸まっている。こんなみっともないお侍さまははじめてだ。

腹が上下してるから、死んじゃいない。

四年も御囲で働いていれば、詰所にいるお侍さまの顔くらいは知っている。だれだろうと板敷に身を乗り出した。

その拍子に子犬が逃げた。今の今までぐったりしていたはずなのに、板敷の匂いを嗅ぎながら座敷のほうへ近づいてゆく。

「菊丸。戻っといで。おいでったら」

床を叩《たた》き、片手を差し伸べておいでおいでをしたものの、病犬はひょろひょろとさまようばかり。あろうことか、片足を上げて、お侍さまの脚に小水を引っかけた。

あたいは凍りついた。ぬれた脚がもぞもぞ動くのをなすすべもなく眺める。

膝が浮き、あぐらをかくように足が折れ曲がったと思うや、男は身を起こした。

見たことのないお侍さまだ。

体つきは中肉中背。歳は三十半ば、いや、四十そこそこかもしれない。月代《さかやき》がゆるんで髪はそそけだち、小袖はしわくしゃ。人足の布子より薄汚い。おまけに襟がはだけて胸元が覗いている。頬のそげた面長の顔は色男に見えなくもないけれど、こんなにだらしない格好じゃ、せっかくの男ぶりもカタなしだ。

お侍さまは口を真一文字に結び、真面目《まじめ》くさった顔で自分の脚を眺めている。おかしさと恐ろしさが同時にこみあげ、あたいはひきつったような声をもらした。

お侍さまは顔をこちらへ向けた。

目が合った瞬間、あたいは釘付《くぎづ》けになった。熱い指でなでられたように、うなじがじいんと火照《ほて》る。こんなこと、はじめてだ。

お侍さまの眸は、雷光の眸にそっくりだった。濁りがない。清水で満たされた井戸のように澄んでいる。うっかりすれば吸い込まれちまいそうだ。

あたいは視線を泳がせた。

菊丸はお侍さまの足元に寝そべっている。

お侍さまは子犬をちらりと見やった。

「あの……」あたいは唾を呑み込んだ。「ご無礼を、いたしました。菊丸、いえ、このお犬さまは日に日にやせ細ってゆくんで、それで、病犬小屋へお移しするお許しをいただこうと……」

粗相をしたのがお犬さまでは咎《とが》め立てもできない。お侍さまは苦笑している。

土間の樽《たる》の上に雑巾がのっていた。あたいは雑巾をつかみ、下駄を脱いで板敷へ上がった。身をちぢめ、怖る怖るお侍さまの脚を拭く。

お侍さまは着物の裾をととのえて、あぐらをかいた。

「よくよく災難にあう日じゃ」

背後へ顎をしゃくった。

衣桁《いこう》に袴が掛けてあった。濡《ぬ》れているところを見ると洗濯したてか、お犬さまに糞尿でも引っかけられたんだろう。

笑いをこらえ、あたいは唇を引き結んだ。

お侍さまは胸元をぼりぼり掻《か》いている。

「あのう……」

「菊丸か」

お侍さまは子犬を抱き上げた。胸に引き寄せ、喉をなでる。お犬さまの扱いに馴れた、しかも心からお犬さまを慈《いつく》しむ仕草だった。

「骨と皮だ。物を食わぬのか」

お侍さまの眸が陰った。

「医者に治せる病ならよいが……。まあよい。連れてゆけ」

いつもならお犬同心がお犬さまのいた小屋を訊ね、病犬の様子を帳面に書き付ける。

「連れてっても、よろしいんでしょうか」

妙に思って訊ねた。

「かまわぬ」

「ここの、お役人さまは……」

「取り込み中だ。放っておけ」

なにかあったんだろうか。首をかしげたものの、どっちみち、あたいが口をはさむことじゃない。

お侍さまの腕から子犬を抱き取り、辞儀をして土間へ下りた。

下駄《げた》を履きかけたとき、お犬同心が数人、あわただしく駆け込んで来た。はね飛ばされそうになって脇へ避《よ》ける。入口をふさがれたので、隅っこに身をひそめた。

だれもあたいには目もくれない。

「噂はまことにござった。御首級《みしるし》を挙げたそうじゃ」

顔見知りのお犬同心が唾を飛ばして叫んだ。

「今朝未明……」

「一行は泉岳寺《せんがくじ》へ向かったそうにござる」

「浪士方は全員、ご無事」

口々に言い立てる。

みしるし……ろうしがた……なんだろう。

例のお侍さまは驚きもあわてもしなかった。「蚤《のみ》だらけじゃ」などとつぶやきながら二の腕を掻いている。

「たった今、江戸表より知らせが届いたそうにござる」

「われら、お支配に真偽をうかごうて参ろうと存ずるが……」

「依田《よだ》どのはいかが」

菊丸に小水をかけられたお侍さまは依田さまと言われるらしい。

「袴が無《の》うてはままならぬ」

依田さまはごろりと仰向けになった。

お犬同心のお侍さま方は拍子ぬけしたように顔を見合わせた。うなずき合って表へ出てゆく。

――あやつは変人じゃ。捨ておけ。

――朴念仁《ぼくねんじん》め、お犬さましか目に入らぬのだ。

――お犬さま探しとは呑気《のんき》なものよ。

声が届かないのをいいことに、口々に言い合いながら遠ざかっていった。

あたいは体を動かした。首を伸ばして座敷を覗く。依田さまはもうあたいと菊丸がいることなど忘れたかのように、大の字になって鼾《いびき》をかいていた。

ともあれ目的は達した。

あたいは詰所を出た。

空は薄曇りだ。風が出て来たせいか、いちだんと冷え込んでいる。犬小屋を駆けまわって重労働をしている最中は寒さなど気にならなかったのに、こうして歩いていると爪先から寒気が駆け上がってきた。

そういえば、あのお侍さまは脚をむき出しにして、よく寒くなかったものだと思う。その脚に子犬が小水を引っかけた。滑稽な場面を思い出しても、もうちっともおかしくなかった。子犬を抱き上げたときのやさしい仕草が鮮やかによみがえる。

雷光も一度だけ座敷で粗相をした。まだほんの子犬だった。旗本奴は腹を立て、こっぴどく打ち据えた。賢明な犬は以来、二度と過ちをくり返さなかった。

「あれ、寒いのかい」

菊丸はふるえていた。あたいはふところに子犬を入れ、風が息をうばわないように、袖をかざして風を防いだ。

病犬小屋は西はずれにあった。長屋のような造りで、廊下の両脇に犬小屋が並んでいる。

だれもいなかった。

生類を憐れむべしとのお触れが出されたのは、あたいが物心ついた頃だ。それから毎年のようにお触れが追加され、ことにお犬さまは将軍さまの干支《えと》でもあるというんで、なににもまして大切にされるようになった。

あれは四谷の旗本屋敷にいた頃、聞いた話だ。町家の縁の下で野良犬がお産をした。大騒ぎになったあげく、名主と五人組が立ち会って番所へ届け出た。ただちにお役人と犬医者が駆けつけて検分をした。お役人は「灰色男子犬一匹、赤毛女子犬二匹……」というようにこまごました書き付けを作ってお奉行所へ届け、それからひと月余り、厄介な手続きを済ませた上で、お犬さま母子は御囲へ運ばれた。その間、怪我や病気をしないようにと、町人はみんな青くなっていたそうだ。

お犬さまに不都合があれば人間さまの首が飛ぶ。

毎晩、戸口に見張りを立てるって家もあったっけ。家の前で野良犬が死んだら、棒でこっそり隣家の前へ押しやるためだ。

犬医者は大繁盛。お江戸は犬医者だらけだ。御囲の犬医者は二名と定められているけれど、弟子はわんさといる。病犬を放り出して、みんながみんなどっかへ行っちまうなんて、まったくどうなってるんだろ。

子犬に水を飲ませ、空いた部屋に寝かせた。ひと渡りまわって、水桶に水をつぎ足してやる。

病犬小屋を出るなり突風が吹きつけた。

両手で両腕を抱き、小走りに餌飼場へ戻る。

餌飼場は大釜がひっくり返ったような騒ぎだった。二の御囲で働く人足が一人残らず集まってるみたいだ。どの顔も紅潮して、目が異様にぎらついている。

そここに円陣ができていた。だれかがしゃべるたびに歓声が上がる。質問が飛び、野次《やじ》が行き交い、拳が突き上げられて、あとは哄笑《こうしょう》、雄叫《おたけ》び、唸り声……。

「なにがあったんだい」

五郎八《ごろはち》さんを見つけて訊ねた。

五郎八さんはあたいに仕事の手順を教えてくれた初老の人足だ。猫背でわずかに片足を引きずっている。左頬に刀傷の跡があるから、若い頃は使い手だったのかもしれない。あたいを物欲しげな目で見ない、数少ない男の一人だ。

「浅野の浪士が吉良《きら》邸へ討ち入って、上野介《こうずけのすけ》さまの首級をとったんじゃ」

五郎八さんは舌なめずりをして言った。とっておきの下り酒でも味わうかのように。

「お殿さまの仇《あだ》を討ったってことかい」

「おうよ。まだかまだかと待っとったがようやっと怨《うら》みを晴らした。長生きはするもんじゃ。みんな大喜びよ」

そうか。さっき詰所でお侍さまが話していたのはこのことだったんだ。

赤穂《あこう》浅野家のお殿さまが殿中《でんちゅう》で吉良上野介さまに刃傷《にんじょう》に及んだ話なら、あたいだって知っている。たしか去年の春だった。

御囲はお江戸からおよそ二里。お侍さまが大勢いるし、他にも商人《あきんど》や人足が毎日何度となくお江戸と御囲の間を往復している。お江戸の噂も、まわりの村々とは比べものにならない速さで伝わるんだ。

大火があったときもそうだった。夜中の火事だっていうのに、火が消えないうちにもう御囲へ知らせが届いた。家族を案じた人々が大あわてでお江戸へ駆けつけた。鈴なりになった提灯《ちょうちん》で、街道は昼日中のようだったっけ。

浅野のお殿さまの事件は、御囲でもさんざん話題になった。お殿さまが切腹になったのに、相手方の吉良さまになんのお咎めもなしってんだろ。喧嘩両成敗のはずがおかしいじゃねえか、なぁんて、人足たちは知ったような顔で怒ってた。浅野家がお取り潰しになったときはすごかったねえ。あんまし大騒ぎするもんだから、五郎八さんに訊いてみた。

五郎八さんはしたり顔で答えた。

――ここでも似たような騒動があったんじゃ。

五郎八さんの話によると、七年前、御囲の営築を命じられたのは丸亀の京極《きょうごく》家と津山の森家で、森家はこのとき普請役のお奉行さまからひどくいじめられたらしい。どうにかこうにか御囲は完成したものの、いくらもたたないうちにお家はお取り潰しになっちまったんだって。

ここには当時から働いている人足がいた。二の御囲の人足頭の伊助さんは居残り組の一人だし、孫兵衛は森家の小者《こもの》で、一旦郷里へ帰ったものの、お家が改易《かいえき》になったために舞い戻ったと聞いている。粂蔵さんもたしかそんなふうな……。

人足たちは、森家の災難を浅野家の悲運に重ね合わせて、自分たちの仲間が仇討ちをしたような気になっているんだ。お上に主家を潰された浪士がぬくぬくと生き延びてきた吉良さまの首級をとるってのは、たしかに胸がすくもんね。

午後は仕事どころじゃなかった。

糞集めは忘れられてしまったし、汚れた布団の洗濯をする者もいなかった。お犬同心が見回りにやって来て人足どもの興奮を鎮めなければ、二の御囲のお犬さまの大半がひもじい夜を過ごしたはずだ。いくらあたいが一人でがんばったって、百近くもある小屋に水や餌はくばれやしない。

だれもが神妙な顔でお犬さまの水を取り替え、餌をくばった。

だけど、興奮が鎮まったわけじゃない。目配せやひそひそ話、不穏な目つき、落ち着きのない素振りを見れば、このままでは終わらないことくらい、あたいにもわかったはずなのに。

あたいはこのとき、別のことに心をうばわれていた。

仕事を終えるや病犬小屋へ急ぐ。

四

「おう、犬吉か。よいとこへ来てくれた」

病犬小屋係の人足が飛び出して来た。辰蔵《たつぞう》さんという五十がらみの男で、お江戸の大火で焼け出され、無一文になって御囲へやって来たと聞いたことがある。

「子犬が死にかけとるんじゃ」

辰蔵さんに言われてどきりとした。駆け込もうとして足を止める。

「木村さまは……」

「いねえ。おらしかいねえ」

木村さまは犬医者の弟子で、二の御囲の病犬小屋の長である。本人がいなけりゃ代わりの者がいるはずなのに、だれもいないとは妙だ。

みんな討ち入りの話が知りたくて、お奉行屋敷かどこかへ飛んでっちまったのか。

なんてこったい。

舌打ちをした。文句のひとつも言いたいけれど、言う相手がいなかった。困り果てて青くなってる辰蔵さんじゃ、八つ当たりをしたところではじまらない。

思ったとおり、死にかけているのは菊丸だった。

布切れに水を湿らせて、歯の隙間から流し込んでやる。飲み下す力はもうない。

「死ぬんじゃないよ、菊丸。しっかりおし」

他になすすべがないので、小枝のような手足をさすった。

菊丸は口から泡を吹き、四肢を痙攣《けいれん》させている。

雷光の断末魔のあがきを思い出した。ざくりと斬り裂かれた傷口からおびただしい血を流し臓腑《ぞうふ》をあらわにしながら、おまえも身をふるわせていたっけね。潤んだ目でじいっとあたいを見つめていた。

雷光、死んじゃだめだよ。あたいをひとりにしないで。ねえ雷光。菊丸。雷光、菊丸、雷光……。

御囲にはおびただしい数のお犬さまがいる。毎日、何十何百と死んでゆく。そのたびにめそめそしてては身がもたない。

そうはいっても、生まれたときから世話をしてきた子犬がわけもわからずに死んでゆくとなると、悔しくて哀《かな》しくてやりきれなかった。

「この子はあたいにまかせとくれ」

骸になった子犬をふところへ入れた。

辰蔵さんはこわばった頬をゆるめた。両手を合わせて、機嫌よくあたいを送り出したのは、厄介事から逃れてほっとしたからだろう。

外は薄暗くなっていた。冬の陽が沈むのは早い。

お犬さまの声に、ふっと薬研《やげん》を引く音を想った。効《き》かない薬、治らない病、十も二十も並んでいっせいに引き立てる哀しい音……。

お犬同心の詰所へ急いだ。

依田さまと言ったっけ。あのお侍さまはあれからどうしたのか。ひと眠りしたあと、生乾きの袴をつけて、他の御囲か、それともお長屋へ帰っていったのか。

お犬同心のだれかが「お犬さまを探している」と言ったように聞こえた。

そもそも依田さまとは何者なのか。

みすぼらしい格好をしていた。お侍さまたちの口ぶりからして上役ではなさそうだし、お目付配下のお侍さまでもなさそうだ。他の御囲のお犬同心か。それなら、なぜ二の御囲の詰所にいたんだろう。

お侍嫌いのあたいがお侍さまのことを考えるなんて、どうかしちまったみたいだ。

考え事をしていたので、向こうから人足の一団が近づいて来るのに気づかなかった。

「よお、犬吉」

耳元で声をかけられて、はっと顔を上げた。

朝っぱらから今晩どうかと誘いをかけた若造を先頭に、似たり寄ったりの乱暴者が四人。討ち入りの噂を聞いた興奮がまだ尾をひいているらしい。熱に浮かされたような顔をして、見るからに浮き足だっている。

「とっくに帰って、おいらを待ってる頃かと思ったぜ」

若造はにやついた。

あたいは聞こえないふりをして脇をすりぬけようとした。

男たちは行く手に立ちふさがった。吐く息が酒臭い。

大仰《おおぎょう》に顔をしかめると、

「おめえはほんとにそそる女だぜ。たまんねえなあ」

と、汚い指であたいの顎をすっとなでた。

「なにもよぉ、おめえんとこじゃなくたっていいんだぜ。なあ」

「そうだ。今夜の祭《まつり》においで願っちゃあどうでえ」

「そいつぁいいや」

男たちは下卑《げび》た笑い声を上げた。

「あたいはね、おまえらみたいに暇《ひま》じゃないんだ」

あたいはつんと顎を振り上げた。

四人のうち三人とは寝たことがある。五匁か六匁かたぶんそのくらいで。といったってあわただしく事を済ませて帰っていっただけ。肩を怒らせてる若造だって、いざとなれば、そのへんの男どもと大差はなかった。

だいたいあのことに、なんの意味があるっていうんだろう。犬も猫も馬もやってることに。

「どいとくれ」

声を荒らげると、若造は「どいとくれ」と口まねをした。

「一緒に来いよ」

「ごめんだね」

「いいから来なって」

若造はあたいの胸に手を伸ばした。

振り払おうとしたけど遅かった。

若造は妙な顔をして手を引っ込めた。

「なんでえ、そりゃあ」

知らん顔で通り過ぎようとすると、若造が腕をつかんだ。

「なんだと訊いてるんだ」

あたいは思わせぶりに息を吸い込んだ。

「お犬さまの亡骸《なきがら》さ」

言ったとたん、近場でお犬さまが吠え立てた。一匹が吠えると、次々に吠え声がつづく。

四人は一瞬ひるんだように見えた。

そりゃあそうだろう。亡骸といえどもお犬さまだ。粗略に扱おうもんなら、ただじゃ済まない。いつもならそそくさと逃げ出すはずが——。

「見せてみな」

若造は顎をしゃくった。

「よそうや、寛次《かんじ》」

そうだ。こいつは寛次って名だ。

止めたのは一人だけだった。あとの二人がおもしろがって左右からあたいの腕を押さえたので、寛次は図に乗ってふところから菊丸の骸を引き出した。

「おやめ。おやめったら」

あたいは金きり声を上げた。

御囲では絶叫もささやき程度にしか聞こえない。

四人の狼藉者は子犬の骸を手から手へ投げ合った。黄昏《たそがれ》の薄暗がりの中で、灰色の塊がひらりひらり舞い踊る。

必死になってうばい返そうとした。伸び上がって両手を泳がせるあたいの格好がおかしいのか、男たちは腹を抱えて笑った。

お犬さまも怒ったように吠え立てている。

「あっ」と思ったときだ。

とんまな野郎が骸を受けそこねた。

菊丸は道端のぬかるみに墜落した。

「なんてことすんのさ」

あたいは菊丸に駆け寄った。ぬかるみに膝をついて抱き上げようとしたとき、骸の傍らに手頃な石があるのに気づいた。拳ほどの大きさだ。

腹の中が煮えくりかえっていたので、あれこれ考える暇はなかった。素早く拾い上げ、近づいて来た寛次の顔めがけて投げつけた。

石は右目に命中した。不意打ちを食らってよろけ、両手で片目を押さえて、寛次はたたらを踏んだ。

「ちくしょう、やりやがったな」

凄まじい勢いで突進して来た。顔の左半分に激痛が走って、あたいはもんどりをうった。寛次はなおも脇腹を蹴りつけようとした。

他の三人が押し止めた。

「人が来る。行こうぜ」

寛次を引きずって一行が遠ざかってゆくのを、あたいは尻餅をついたまま見送った。

菊丸の骸を後生大事に抱きしめている。

お侍さまが二人、早足で通りかかった。道端にうずくまっているあたいには目もくれなかった。話に夢中で気づかなかったのか。

「内匠頭《たくみのかみ》さまの墓所に御首級を供えたそうだ」

「無念を晴らして遺恨が消えたか」

「江戸の衆も喝采しておるそうな。辻には人があふれ、酒やら握り飯やらふるもうて、祭のような騒ぎらしい」

二人はあたいの耳に話の切れっぱしを残して立ち去った。

たとえお侍さまがあたいたちの喧嘩に気づいたところで、これじゃ、とても目に止めるどころじゃない。もっとも、討ち入り騒ぎがなくたって知らん顔されてたかもしれないけれど。

御田には気の荒い男たちが集まっている。喧嘩のない日は一日もない。女たちでさえ、ときおり男をうばい合って取っ組み合いの喧嘩をしてる。

どうってことないや。

血の味のする唾を吐き出しながらつぶやいた。

そのくせ底知れない不安が胸をしめつけていた。なにか、取り返しのつかないことをしでかしてしまったんじゃないか。

夕暮れの薄闇が一段濃くなって、乱れた襟元や裾から寒気があたいの体に忍び込もうとしている。

菊丸を見た。泥にまみれ、使い古しのぼろ布のようだ。

袖で泥をぬぐい、そそけた毛を指で梳《す》いてやった。

立ち上がってあたりを見まわす。下駄が右と左にすっ飛んでいた。ひっくり返った下駄を足先で探って履き、履いたところで思案にくれた。

こんな格好で詰所へ骸を運び込めば、なんと思われるか。ぬかるみで転んだと言えば不注意を咎められようし、わるくすれば、そのせいでお犬さまの息が止まったんじゃないかとあらぬ疑いをかけられる。

そうだ。菊丸を病犬小屋へ連れていったってことは、詰所の帳面には書かれていない。依田さまが省略してしまったんだから。

「おまえだって、たらいまわしはこりごりだよねえ」
骸に頬をすり寄せた。

この子はもう十分すぎるほど晒《さら》し者にされたんだ。一刻も早く安らかな眠りにつかせてやらなけりゃ。

お犬さまの埋葬には、お犬同心か、お犬目付配下のお侍さまか、必ずお役人さまが立ち会う手筈《てはず》になっている。埋葬の時刻も決まっていた。今なら入口の小屋に墓守の老人がいるだけで、犬埋場にはだれもいない。
弔《とむら》ってやることにした。

子犬一匹埋めるだけなら、半刻もあれば事足りる。万能《まんのう》や鍬《くわ》は老人に借りればいい。みんなから熊平《くまへい》と呼ばれているこの男は口がきけないし、頭も少し足りないから、面倒は起こらないはずだ。

二カ所ある犬埋場のうち、北の犬埋場は二の御囲と三の御囲に隣り合っていた。広さは六千五百坪近くあるという。だだっ広い墓所には見渡すかぎり、三寸から五寸ほどの竹の棒が立ち並んでいる。

はじめのうちは一匹死ぬたびに棒を立てていた。卒塔婆《そとば》代わりに。そのうち追いつかなくなって、何匹かまとめて埋め、目印として一本立てるようになった。それだって、今じゃまるで針山だ。

闇は濃くなっていたけれど、強風で雲が吹き流されたのか、東の空に満月があった。月光を浴びた竹の棒は墨でも塗りたくったように艶めいている。足元に短い影を引いて、手足のない亡霊が地面からいっせいに生え出したみたいだ。夜空を見上げ、無言でたたずむお犬さまの亡霊たち……。

お犬さまの声までが今、仲間を弔う読経のように地を這って聞こえて来る。

矢来越しに、あたいはしばらく墓所を眺めた。

竹矢来にひっついて熊平さんの小屋があった。

灯がともっているところを見ると、家にいるらしい。

半開きの戸から中を覗く。真っ先に安物の魚油の臭気が、それから味噌の匂いと筵や農具や竹や木や埃《ほこり》の臭いがした。

熊平さんは丸太に腰を下ろして、粥の椀を抱え込んでいた。お犬さまの粥である。

腹が空《す》くと餌飼場へ行って粥をもらって来るんだ。

人の気配に気づくや、熊平さんはさっと身構えた。もっさりした体の動きは思いがけず素早く、戸口へ向けた眼光は獣のように鋭い。

熊平さんがのろまだってほんとかい。

そんな噂、あたいはもう信じないよ。

だれかわかると、熊平さんの表情は一変した。いつものぼやっとした顔になる。

子犬の骸を見せ、入口に立てかけてある農具類を指さした。止め立てする様子もないので小ぶりの唐鍬《とうぐわ》を選び取った。

熊平さんは背中を丸めて椀に鼻を突っ込んでいる。

小屋を出たとたんお腹《なか》が鳴った。朝餉からこれまでなにも食べていない。熊平さんにひと口、分けてもらえばよかった。熊平さんは頭のいい人たちみたいに強欲じゃないから、きっと快く分けてくれたはずだよ。

犬埋場の入口には簡素な木戸がある。出入り口は他にもあるけど、夜間に開いているのはここだけだ。

もっとも入ろうと思えば、どこからだって入れる。いたるところで竹矢来が壊れたまんまになってるから。修理したくてもそこまで手がまわらないんだと、伊助さんが言っていた。

犬埋場へ足を踏み入れた。竹の棒を避けて歩く。

昼間なら何度も来ていた。桃太郎と花代の埋葬にも立ち会っている。

宵闇の墓所は、昼とおんなし場所とは思えなかった。このままずっと歩いていったら、三途《さんず》の川に突き当たりそうだ。

彼岸には雷光がいる。死ぬのは怖くないけれど……。

ううん。あたいはまだ死ねない。なにか、やり残してるような気がするから。なんだかわからないけど、とっても大事なことを。

足を止めた。

小鼻をふくらませる。馴染みの獣臭、青竹の匂い。掘り返された土の臭い、じわじわと滲《にじ》み出る死臭。夜気の中にもうひとつ、嗅ぎなれない匂いがあった。

人の匂いだ。

あたりを見まわす。

かなたに人影があった。

今まで気づかなかったのは、その人影が無数の竹の棒とおんなし、そよともしないで直立していたせいだ。

まさか、立ったまんま死んでるんじゃないだろうね。

こういうときのあたいは、怖いと思うより先に足が出ちまう。正体を突き止めずにはいられない。

子供の頃、廓の外にさまよい出ては連れ戻され、そのたびに折檻《せっかん》された。旗本奴に買われてからも、奥御殿を覗いてはこっぴどく叱られた。

それでも性懲りもなくくり返したのは、どこかに探しているもんがあるような気がしたからだ。あたいは損してるんじゃないか。見過ごしていた「それ」が見つかりさえすれば、今とちがうあたいになれるかもしれないのに。

息を詰めて人影に近づく。

最初に、お侍さまの後ろ姿だとわかった。

次に、お侍さまが諸肌《もろはだ》脱ぎになってるってことがわかった。野袴の上に脱いだ小袖が垂れている。腰にたばさんだ刀が隠れないように。

刀はこれまで見たどれよりも長く見えた。

もう一歩近づいて、血の気がひいた。

裸の背中に殺気があった。くぼんだ背筋の両側が盛り上がっていて、硬く張りつめている。

　以前に一度だけ、あたいはこれと似たような殺気を感じたことがある。雷光が挑みかかった刹那《せつな》、若殿さまの全身から立ちのぼった殺気だ。

あたいは棒立ちになった。殺気のせいじゃない。裸の背中から発散する男の匂いのせいだ。生まれてはじめて、あたいは男の匂いを好もしいと思った。体の奥がざわめく。

　と、そのとき、目の中を光がよぎった。

同時に竹の棒が飛んだ。宙高く舞い、くるくるとまわりながら落ちて来る。鈍い光を放っているのは、斬られたとこが白いせいだ。

雷光が斬殺されてから、あたいは刀に怯《おび》えるようになった。刀は狂気を封じ込めた禍物《まがもの》だと思い込んでいた。

　今はぜんぜん恐くない。

それどころか、うっとりしていた。竹の棒と一緒に、あたいまで真っ二つに断ち斬られたみたいだ。そしてそこから熱い血がとめどなく流れ、体の隅々をしっとり濡らしてゆく。ほんとにあたいは濡れていた。

　お侍さまが振り向いた。

後ろ姿をひと目見たときから、だれだかわかっていた。

昼間出会ったときのみっともない格好や、菊丸に小水をかけられたときの情けない顔、やる気のなさそうな態度からは想像もつかないけれど、凛々《りり》しくひきしまったそのお侍さま——依田さまは目を細めてあたいを見た。

「おまえは先刻の……」

表情を和らげる。

白い息を長々と吐き出すや、殺気が消えた。

こんなところでなにをしているのか、とは訊かれなかった。片腕に菊丸を抱き、片手で唐鍬をにぎりしめてる姿を見れば訊くまでもない。

あたいもむろん訊かなかった。訊けるわけがない。相手はお侍さまだ。

真冬だというのに、依田さまは汗をかいていた。額や首筋、胸元が光っている。きれいな汗だとあたいは思った。ふっと、舌で触れてみたいと思った。お犬さまのように依田さまの体をなめまわせたら、どんな感じがするだろう。

依田さまは懐紙で汗を拭い、小袖に腕を通した。脱ぎ捨ててあった草履を履く。いったいいつ鞘《さや》に戻したのか、刀身はとうにあるべき場所へ納まっていた。

あたいは突っ立ったまま、依田さまのなさることを眺めていた。

身繕いを終えると、依田さまは子犬に目を向けた。

「菊丸と言ったか」

あたいは我に返った。たった一度聞いただけの名を覚えていてくださるとは驚きだ。

「はい。あたいが名付けました」

「お犬さまに名を付けるのか」

「名前がなきゃ、顔を覚えられません。だからみんなに名を付けるんです」

依田さまはまじまじとあたいの顔を見た。

「おまえは？」

「吉。犬吉って、呼ばれてます」

「犬吉……」

ちらりと白い歯が覗いた。依田さまははじめ思ったより若く見えた。もしかしたら三十二、三かもしれない。

「四年前にここへ来たとき、お役人さまに、どうしてもお犬さまのお世話がしたいと頼み込んだんです。それからずっと、お世話係をしています」

あたいは勝手にしゃべっていた。無口なはずが、しかもお侍嫌いだったはずが、そんなことすら忘れていた。

「犬が好きか」

「そりゃあもう」

息をはずませて答えたそのとき――。

お犬さまがひときわ騒々しく吠え立てた。

あたいは急に落ち着かなくなった。依田さまに見られてると思っただけで恥ずかしい。さっき妙なことを考えた。それも依田さまはお見通しなんじゃないか。

舌先で唇をなめる。

目を伏せたら、胸が大きく上下していた。乳首が布を突き上げてはじけちまいそうだ。顔がカッと熱くなる。見られようが触られようが相手が人足どもならへいちゃらなのに。

依田さまはあたいの唇を見て、胸を見て、困惑したように目をそらせた。今になってはじめて、あたいが小娘じゃなくて女だと気づいたのかもしれない。居心地のわるそうな顔になって、ぶっきらぼうに言った。

「よこせ」

あたいの手から唐鍬を取り上げる。

菊丸の墓穴を掘ってくださろうってんじゃないだろうね。

まさか。お侍さまが墓穴を掘るなんて、だれも信じやしないよ。伊助さんや五郎八さんや辰蔵さんや、およねさんに話したって作り話だと言うに決まってる。

依田さまはあたいのほうなんか見もしなかった。そのへんを歩きまわって、竹の棒の間隔のなるたけ広い場所を選んだ。下手《へた》なとこを掘れば、朽ちかけた骸を掘り起こすことになる。

唐鍬を振り下ろした。

あたいは依田さまのおそばへ駆け寄った。

「おやめください。そんなこと、あたいが……」

「いいからどけ」

怒ったように言って、さっさと掘りはじめる。

子犬一匹の墓穴だ。依田さまの手にかかれば造作もなかった。

「すみません。お侍さまにこんなこと、していただくなんて。ええと、あの、もしうかがってよろしければ、お名前を……」

「依田峯三郎《みねさぶろう》だ。依田家は代々、御鷹御犬索《おたかおいぬさく》を務めている」

「おたかおいぬ……」

「将軍様の御狩場で働く猟犬を飼育する」

はじめて聞くお役だった。廓育ちのあたいにお武家さまのお役などわかるはずがない。あたいが知ってるのは、お奉行さまやお目付さま、御犬小屋支配、お犬同心といった御囲で耳にするお役だけだ。

そうか。依田さまはもともとお犬さまにかかわるお役に就いていらしたのか。詰所で菊丸を抱き上げたとき、このお人はお犬さまの扱いに馴れている、心から慈しんでいる、そう感じた理由が今わかった。

あわただしく思案をめぐらせていると、

「とうにお役は無《の》うなったが……」

と、依田さまは言い添えた。

「公方《くぼう》さまは御猟はなさらぬと聞きました」

御囲のお役人さまには鷹匠をされていたお人がたんとおられる。生類憐みの令が発布されて殺生が禁止になった。それで猟がなくなり、仕事がないので御囲へまわされてきたそうだ。

依田さまもそうしたお人の一人らしい。

幅も深さも一尺ほどの穴が、すでに掘り返されていた。

「埋めてやれ」

依田さまは最後の土を放った。

あたいは地面に膝をつき、身を乗り出して、菊丸の亡骸を穴の底に置いた。手足をだらんと伸ばして横たわった子犬は、折檻されたあとのあたいみたいだ。午にはまだ、おぼつかない足取りとはいえ詰所の床を歩きまわり、小水を引っかける気力があったのに。夜にはもう冷たい骸になっている。

命って、雪とおんなしだね。朝になりゃ、あっけなく消えちまう。

へこんだ腹に指を触れていると涙があふれた。

「なんで死んだかわからないんです。病気に罹ったふうでもないのに」

我知らず尖《とが》った声が出た。

依田さまも傍らに立って、骸を見下ろしている。

「猟犬も死んだ」

近場でお犬さまがまたもやけたたましく吠え立てた。

「御囲で？」

あたいの声はお犬さまの声にかき消された。

いったん静まるのを待って、依田さまはつぶやいた。

「生きる張りが無うなったのやもしれぬ」

その声には怒ったような響きがあった。

あたいは涙を拭う。

「ここへ来る前に、十三年も可愛がっていたお犬さまが死にました。雷光という名の唐犬でした」

話さずにはいられなかった。相手はお侍さまだとわかっていたけれど、なぜか依田さまなら聞いてもらえそうな気がした。

「雷光はもう老犬でした。あたいを助けようとして飼い主の、お旗本の若殿さまに挑みかかって、それで返り討ちにあったんです。一《ひと》太刀《たち》で斬り裂かれて……。お家は改易になりました。あたいは身寄りもないし、ひとりじゃなんにもできないし。困っていたとき人づてに御囲の話を聞きました。十万匹ものお犬さまがいるとこなら、もしかしたら、死んだ雷光も見つかるかもしれないって……」

突然、笑いがこみ上げた。自分では笑ったつもりだった。かすれた声はすすり泣きのように聞こえたかもしれない。

「見つかりっこ、ありませんよねえ。わかってたんだけど、あたいなんかほら、人さまの役には立たないし、それに、人嫌いだからお犬さまといるほうがずっとましだし……」

依田さまはなにも言わなかった。

あたいはたちどころに後悔した。自分の身の上をだらだらしゃべるなんて、とんでもないことをしちまった。さぞやあきれておられるにちがいない。

「さ、早いとこ、済ませちまお」

両手でとんと両膝を叩いて腰を上げる。

依田さまは険しい顔で前方の闇を見すえていた。

あたいはますます不安になった。

「あのう……ご無礼を申しました。ご勘弁くださいまし」

思わずあとずさる。

依田さまはあたいを見た。

「謝ることはない」

「けど、つまらないことを……」

「つまらぬことではなかろう」

雷光によく似た澄んだまなざしがあたいにそそがれている。

息が詰まった。どぎまぎして、あたいは骸に土をかけようとふるえる手を伸ばした。

依田さまは唐鍬の柄を離さなかった。

二人の間隔がぐんとちぢまる。

依田さまはふっと眉をひそめた。

視線に気づいて、あたいは自分の顔に手をやった。寛次に殴られたところだ。左のこめかみから頬骨にかけてみみずばれがあった。血や泥もこびりついているようだ。見られて痛みを思い出すくらいだから、さほどの怪我ではないけれど。

「どうした」

「ちょっと喧嘩を……」

あたいはもう一度舌先で唇をなめた。

「大騒ぎだったんです。浅野のご浪士が仇討ちをしたというんで。こんな怪我たいしたことないけど、みんな気が狂れたみたいになっちゃって。今夜は一晩中浮かれ騒ぐって言ってました。最後には取っ組み合いがはじまって、怪我人の山になんなきゃ御の字ってなもんですよ」

若造の言葉を思い出した。

「二の御囲じゃ、祭があるとか。あたいもむりやり連れてゆかれるとこで……」

依田さまはけげんな顔をしている。

生真面目なお侍さまには、あたいが連れてゆかれてなにをされるか、想像もつかないんだ。祭に行かなくたって、毎晩似たようなものだけど。

そう思ったとたん、頬を張られたような気がした。

依田さまはあたいがどんな女かご存じない。話したってわかりっこない。あたいは、依田さまの考えも及ばないような女なんだ。

あたいは、あたいと依田さまのちがいをひしひしと感じた。

身分のちがい？　それだけじゃない。もっと大きな、そう、この世とあの世ほどのちがいだ。あたりまえのことなのに、今の今まで忘れていたなんて。

ふくらみかけた胸がたちどころにしぼむ。

「つまりねえ、慰みものにしようってんですよ。あたいは売女《ばいた》だから」

わざとあばずれの物言いをしたのは、自分で自分がこわくなったからだ。お侍さまに身の上話をしちまうような、無防備で愚かな自分が。

お吉坊。忘れるんじゃないよ。このお人はお侍なんだ。お侍は——いや、男はどいつもこいつもおんなしさ。ちょっとばかしいい人だからって、油断すれば泣きをみる。

旗本奴は銭を積み上げてあたいを買った。ここじゃ五匁が相場。

唐鍬なんかもうどうでもよかった。地べたに這いつくばって、素手で土をぶっかける。

依田さまはあたいの腕をつかんだ。若造とは比べものにならない激しい力だ。強引に立たせ、邪険に押しのけた。

あたいがいることなど忘れたように、黙々と墓穴を埋めてゆく。

嫌気がさして、早いとこお終《しま》いにしようとしてるんだろう。

そう思うと、人っ子ひとりいない野っ原に置いてけぼりにされたように心ぼそくなった。

菊丸も逝っちゃったんだね。あたいを残して。あたいはいつもひとりぼっちだ。

涙がこみ上げてきた。

地べたにうずくまって、子供のようにしゃくりあげた。

あとから思えば、やっぱしあのときは気が狂れていたのかもしれない。

言っとくけど、こんなこと、生まれてはじめてだよ。雷光が死んだときをぬかせば、廓で折檻されても、若殿さまにいじめられても、涙ひとつ見せなかった。長い間ため込んできたものが、いちどきにあふれちまったのかもしれないね。

墓穴はもとの平地になった。

菊丸はおびただしい数のお犬さまの骨骸《こつがい》に囲まれて安らかな眠りについた。

依田さまはさっき断ち斬った竹の棒の片割れを拾ってきて、墓所の目印にした。

あたいはのろのろと腰を上げた。他の棒より一段低い、鋭い切り口をさらした棒の前にぬかずいて、両手を合わせた。

鼻をすすっていると、

「どこから来た」

と、依田さまが訊ねた。

あたいは木戸の方角を指さした。訊ねたところをみると、依田さまは木戸ではなく、矢来の壊れたとこから入っていらしたらしい。

木戸へ向かって歩き出したので、あたいもあとにつづいた。

自分が大ばか者のあんぽんたんのこんこんちきの、この世でいちばんみっともない女になり下がったような気がした。恥ずかしさと腹立たしさだけでもやりきれないのに、空腹で腹は鳴り出す、寒さで歯はがちがちいう、おまけに顔の左半分がずきずきしている。いっそ引き返して、菊丸の傍らに埋まっちまいたいくらいだ。

木戸を出るまでどちらも口をきかなかった。

出たところで「あ」とあたいは声をもらした。「それ、返さないと」

唐鍬を受け取り、依田さまの顔を見ないように辞儀をする。

「傷は冷やせばようなる」

依田さまはぼそりと言って背を向けた。

あたいは熊平さんの小屋へ唐鍬を返しにいった。

熊平さんは小屋にも小屋のまわりにもいなかった。

粥の椀が床に転がっている。さっきはがっついてたようだったのに、粥は大半が残っていて、椀のまわりにこぼれていた。いくら腹が空いてても、これじゃ犬の糞みたいで、食欲はそそられない。

それにしても熊平さん、どこへ行っちまったんだろう。

寛次の話では、今夜、二の御囲で討ち入りを祝う祭があるそうだ。熊平さんも祭に出かけたのか。

それだけはありっこない。餌飼場で粥をもらうときでさえ、人目を避けるようにやって来て、そそくさと逃げ帰るくらいだもん。

「熊平さぁん。借りた鍬、置いてくよ」

聞こえないのを承知で大声を張り上げた。

お犬さまの声がこだまみたいに返って来る。

唐鍬をもとの場所へ立てかけようとして、またもや目をみはった。あんなにたくさん並んでいた農具がきれいになっていた。

ま、いいや。あたいの知ったこっちゃないや。今宵のあたいは、依田さまのお陰で妙ちきりんな気分になっている。他人様の厄介事まで気がまわらない。

空きっ腹を抱えて、あたいは熊平さんの小屋をあとにした。

第二章　長くて恐ろしい夜の始まり

一

武蔵野では、陽が沈むと、あらゆるものがきしみはじめる。

たとえば竹矢来。お犬小屋も人足寄場も。地中に埋まったお犬さまの骨も。あたいの生身の骨までが。

風のせいじゃない。目には見えないけれど、音だって聞こえないけれど、あたいにはちゃんとわかる。

武蔵野の夜は真っ黒でいくつも頭のある大蛇《おろち》みたいだ。たくさんの目玉をぎろぎろさせて、たくさんの口から生臭い息を吐き出して、地をゆらし、天をゆさぶる。お犬さまの声だって、あれは大蛇の鼾だよ。

家へ帰る道々、あたいはお江戸の夜を思った。

お江戸の夜はあざやかな絵草紙だった。

廓にいた頃は日暮れが待ち遠しかったっけ。あたりが暗くなって、廊下や階段に灯がともる。隠《かく》れ処《が》におあつらえ向きの暗がりができて、あたいはすっぽり身をひそめる。膝を抱えて座っていると、火影の中を、仄白《ほのじろ》い素足が華やいだ着物の裾を引きずって次々に通り過ぎてゆく。

幾千代姉さんの横顔を眺めるのも好きだった。目の下の隈《くま》も、口元のしわも、頸《くび》にある消えかけた切り傷も、ちろちろゆらぐ火影にかき消されて、姉さんは絵草紙の中のお姫さまのように見えた。

日暮れが嫌いになったのは旗本屋敷へ移ったあとだ。そう、正確にいえば、移って二年余りたったあの夜からだ。

旗本屋敷へ移ったいきさつを、まだ話してなかったね。

いつものように、あたいは廓の裏庭で雷光と遊んでいた。すると旗本奴がやって来て、いきなりあたいを抱き上げた。

——おまえを買ったぞ、お吉坊。

あたいは目を丸くした。

廓の主の話によれば、旗本奴は、銭を積み上げて買ったあたいに「雷光のお世話係」をさせるつもりでいるそうな。

――コレ。よおく聞きなんし。

別れのとき、幾千代姉さんは白い透き通るような手で、あたいの手を握りしめた。

――あんたは雷光とおなしでありんす。そう肝に銘じなんせ。心外なこともありんしょうが、かまえて口ごたえなどしなんすいな。

あたいは上の空でうなずいた。

朝から晩まで雷光といられる。それだけで有頂天だった。

旗本屋敷の暮らしはなにもかも珍しかった。はじめての夜は姉さん恋しさに胸がしくしく痛んだけれど、朝になったらもう、廓のことなんかきれいさっぱり忘れてた。

旗本奴は真野《まの》新左衛門《しんざえもん》尚信《なおのぶ》さまといって、あの頃は麹町《こうじまち》のお屋敷に住んでいた。

父君も兄君も当時はまだお元気で、だからこそ好き放題、遊んでいられたんだ。

はじめのうちは楽しかった。若殿さまはむらっ気で、ときおりわけもなく殴りつけることもあったけど、機嫌がよいときはあたいを飾り立てて、雷光と一緒にお江戸中を連れ歩いたものさ。

幾千代姉さんの別れの言葉をしみじみ思い出したのは、あたいがもう雷光の世話にかまけているだけでは許されなくなった、あの、蒸し暑い真夏の夜だった……。

夕餉の匂いより先に、ざわめきが流れて来た。

あたいの長屋でも討ち入りが話題になっているらしい。

狼除《よ》けの木戸をくぐって、路地へ足を踏み入れる。

井戸端に女たちが群れていた。長屋中の女が集まってるみたいだ。およねさんでさえ、洗い桶を抱えたまま、群の端っこに加わっている。事の次第がどうなったか知りたくて、家でじっとなんかしてられなかったんだろう。

女たちはいっせいに顔を向けた。

およねさんも、ちょっとバツがわるそうにあたいを見た。

こういうときの女は妙になれなれしい。ほら、火事のときなんかそうだろ。やけにはりきって炊き出しの握り飯をくばったり、怪我人の手当てに駆けまわったりするのとおんなしさ。ひと夜明ければ、隣人の筵をひっぺがし、粥を横取りしようとするくせに。

だれかが手招きをした。

あたいなら女たちの知らない噂を知ってると思ってるんだ。それとも反対に、あたいがなにも知らないと思って、驚く顔を見て座興《ざきょう》にするつもりだったのか。

知らぬふりをして家の中へ入ろうとすると、一丸《いちがん》となって押しかけて来た。

「ねえ、聞いたろ。討ち入りのこと」

いちどきにしゃべりはじめた女たちを制して、身幅のたっぷりした女が言った。

昼間見れば大年増だけど、夜は大っきな胸と腰がだれにも負けない稼ぎっぷりを見せつける。ひと晩に四人相手をしたとか、だから床下の瓶に銭をたっぷり貯め込んでるとか、そんな噂がある女だ。

「ああ。聞いたよ」

あたいはそっけなく答えた。声がかすれているのは、さっき大泣きしたせいだ。

女たちはしつこかった。あたいを取り囲んで輪をせばめて来る。

戸口に背中をひっつけたら、安普請の板戸がぎいぎいゆれた。

「なんだって？　なんて言ってるんだい、人足衆は」

「お侍からなにか話があったんだろ」

「もったいぶらずに教えとくれ」

お犬さまの声をしのぐ騒がしさだ。

長屋の女たちまで夢中にさせるんだから、討ち入りってのはすごいもんだねえ。菊丸の死や依田さまとの出会いがなかったら、あたいだってもっと興奮してたかもしれない。

「知らないよ。今朝がた、浅野の浪士が大勢で吉良さまのお屋敷へ討ち入って、吉良さまの御首級を挙げて、泉岳寺ってとこへ向かったって、それだけ」

他に答えようがなかった。

「浪士衆がどうなったか、聞いたかい」

「無事だって聞いたけど」

「そのあとさ。お咎めはあったのかい。とっつかまったとか斬り殺されたとか」

「さあ……」

「今頃はもう、上杉の軍勢に成敗《せいばい》されたんじゃないかねえ」

女たちの中でいちばん身なりのいい女が得意げに言った。

一年ほど前にお江戸から流れて来た女だ。髪型もただの垂れ髪じゃなくて、笄髷《こうがいまげ》に結っている。武家奉公をしていたことがあるのか。それともお侍のお父つぁんか亭主が浪人に落ちぶれ、食い詰めて御囲へ出稼ぎに来たのかもしれない。犬公方さまの御代になってから、不良御家人が相次いで改易になったと聞いている。

「上杉ってなにさ」

だれかが訊ねた。

「知らないのかい。上杉十五万石。吉良家とは縁戚じゃないか。吉良の奥方は上杉家の姫さまだし、上杉のご当主は吉良家からのご養子だよ」

「十五万石のお大名がお江戸で弔い戦するってのかい」

「そんならひとたまりもないねえ、浅野の浪人衆も」

女たちは我先にしゃべりはじめた。あたいやおよねさんほどじゃないけれど、日頃口の重い女たちが今や別人のようだ。

お江戸から二里余り。見渡すかぎり雑木林や野っ原に囲まれた離れ小島のような御囲で、昼は賄い、夜はびた銭で男に抱かれる。変わりばえのしない暮らしに明け暮れていれば、お江戸の噂は渇いた喉を潤す甘露水みたいなものなんだ。

気のせいか、お犬さまの声まで騒々しくなってきた。

「あたしゃ惚《ほ》れちまったよ、浅野のご浪士衆に」

一人が言うと、あたしもあたしもと声がつづく。

「ひと目、見たいもんだねえ、勇ましい姿を」

「ここいらのへっぴり侍たぁわけがちがうや」

「そのへっぴり侍に色目使ってんのはだれさ」

「なんだい、他人のこと言えた義理かい」

「おや、聞き捨てならないねえ。あたしがいつ色目使ったってのさ」

「引っぱり込んだじゃないか、辻番所のお侍を」

あたいは細く戸を開け、すり抜けるように家の中へ入った。

ぴたりと戸を閉ざす。

空腹で死にそうだった。女たちにつき合うのはもうたくさんだ。

討ち入りもいいけど、腹がへっちゃ戦もできない。

手探りで火打箱を引き寄せ、火打金に石を打ちつけて火口に移した。行灯《あんどん》に火を入れ、仄明かりの中で、残しておいた朝飯の粥をかき込む。

いつもはもう一度なべに戻して七輪で温めるのに、それすら待ちきれなかった。

粥はふやけてべたつき、雑穀がざらざら舌に引っかかる。おまけに冷えきっているから、食べるほどに体が冷えてくる。

味もそっけもないとはこのことだ。

それでもきれいにたいらげた。

「ごめんよ。おまえのぶんまで食べちまった」

手を伸ばして雷光の背中をなでた。雷光はあたいの傍らに寝そべって、ときおり思い出したように尻尾を振っている……ような気がした。

おまえの姿が見えないのは、行灯の油が安物で、家の中が薄ぼんやりしているからだ。ね、そうだよね。

これまでだって、おまえはずうっとあたいのそばにいたんだから。

あの真夏の夜も。

麹町のお屋敷にいた頃の雷光は、若殿さまの御殿の土間にあつらえた犬小屋に入れられていた。いちばんのお気に入りだから、庭の犬囲で暮らす他の唐犬より大事にされてたんだ。

そもそも犬小屋がそんじょそこいらの犬小屋じゃない。板間と座敷があって、板間には羽二重の布団が敷かれてた。

あたいは犬小屋の隣に小部屋を与えられた。けどたいていは犬小屋の座敷で寝ていた。当時はまだ十三、四の小娘だったし、雷光といると、逢ったこともないおっ母さんや、名前も知らないお父つぁんや、母親代わりの幾千代姉さんのそばにいるような、あったかい気分になれたから。

じっとしてても汗ばむ夜だった。

板間と座敷の間の格子戸がいきなり閉ざされた。

その音に、あたいは身をこわばらせた。

雷光も驚いて吠え立てる。

気がつくとあたいは、若殿さまに組み敷かれていた。

なにがなんだかわからなかったよ、あのときは。ただ、若殿さまの吐く息が酒臭かったことや、あたいの太股を押し広げようとした手が汗で湿っていたことや、悲鳴を上げたとたんに目ん玉が飛び出るほど殴られたことや、体を裂かれるような痛みに目がくらんだことだけは、今でもはっきり覚えている。

あたいは幾千代姉さんの言葉を思い出そうとした。歯を食いしばって、横目で格子のほうを見た。

雷光は格子の間から鼻を突き出して、哀しそうな目であたいを見つめていた。しばらく低く唸っていたけれど、あきらめたのか鼻を引っ込め、尻尾をだらりと落として、所在なげに行ったり来たりしてたっけ。

あれがそう、はじまりだった。

なあんて、話すほどのこともなかったね。

お涙ちょうだいは大嫌いだ。あたいはなんとも思っちゃいないよ。売りもの買いもの、男と女にはそれしかないんだから。今じゃ五匁、たった五匁の大安売り。落ちぶれたもんだねえ、お吉坊も。

ね、雷光。おまえもそう思うだろ。あんなもん、どうってことないよね。

行灯の火影が瞬いた。

あたいはぞくりとした。

雷光がぶるぶると背中をふるわせたせいかもしれない。

「雷光……」

薄闇の中で眸《ひとみ》を凝らす。

二つの目があたいを見つめていた。

雷光かい。ちがう。見つめているのは――。

「依田さま！」

ばか。目をこすってごらん。だれもいやしないよ。

お犬さまの吠え声が長く尾を引いて消えた。年に二度、盛りのついたあのときのような切ない声だ。

　表ではまだ女たちが騒いでいた。あたいの膝元には空っぽの椀が置かれている。寒々とした部屋には、筵の湿気《しけ》た臭いと安油の鼻につく臭いが流れているだけだ。

土間へ下りて、折れた柄杓で水瓶の水を飲んだ。

ついでに濡らした布きれで顔をこすった。泥と血で布きれは黒くなった。みみずばれの痛みはもう治まっている。

依田さまの言葉を思い出して布きれをたたみなおし、汚れていないところを傷に当てて冷やした。それにしても寒い。「おお、寒、寒、寒……」と百ぺんくらいつぶやきながら、布きれを顔に当てたまま板間へ上がり、筵に座って掻巻を体に巻きつけた。

いつもならこの時刻になると、女たちはそれぞれの家へ引っ込む。男たちがやって来るのを待つためだ。十人中八人は仕事にありつく。中には二人三人まわしをとって、荒稼ぎをする者もいる。

今夜ばかりは様子がちがった。男の気配がまったくしない。

女たちが寄り集まっているから近づきがたいのか。いや、男たちも騒いでいるんだ。浪士の討ち入りをまるで我が事のように狂喜して。

あたいはかすれた声で笑った。

討ち入り討ち入りというけど、だれもわかっちゃいない。

大名家のお屋敷っていったら、そりゃあ堅固だよ。たかだか千二百石のお旗本の真野家だって、海鼠壁《なまこかべ》と下見板の長屋にぐるりと取り囲まれてたんだ。冠木門《かぶきもん》には観音開きの分厚い扉があって、屈強な門番もいた。

そういや、浪士はどうやって中へ入ったんだろう。塀を乗り越えたのか。門を突き破ったのか。戦闘があったのか。なかったのか。あっけなく志を果たしたのか。長々とかかったのか。首は？　怪我人は？　家人は？　そもそも浅野の浪士が何人いたかさえだれも知らない。

あたいはたったひとつ、みんなの知らないことを知っている。刀が妖しい光を放って肉を切り裂く瞬間の、あの目のくらむような恐ろしさだ。

犬埋場の出来事が鮮やかによみがえった。そよともしない人影。きらめく閃光《せんこう》。白い面《おも》をさらしてくるくると舞い上がった竹の首。

浅野の浪士は吉良さまの首をとった。

依田さまは、だれの首をとるおつもりか。

布きれが生ぬるくなったので、土間へ下りて、もう一度水で濡らした。

いつしか長屋の喧噪《けんそう》は鎮まっている。この寒さじゃ凍えちまうからね。女たちもようやく家へ引き上げたんだろう。

いっこうに静まる気配のないお犬さまの声を聞きながら、戸につっかい棒をした。

依田さまのことを思い出したせいか、今宵はだれとも寝る気がしなかった。この様子では客もなさそうだ。

あたいはふっと、当分だれにも買われたくないな、と思った。寛次や孫兵衛は言うにおよばず。たとえ十匁見せられたってごめんこうむりたい。女たちからは、今度こそほんとに気が狂れたって笑われるかもしれないけれど。

ここは淫売《いんばい》の巣窟だ。あたいは売女。今の今までだれと寝ようがへいちゃらだったのに、どうしちまったっていうんだろう。

なんだか落ち着かない。爪を嚙む。

「こんな夜は寝るにかぎるね」

筵に身を横たえ、頭から掻巻をかぶった。

このところの寒さにはさすがに音を上げて、七輪に火を熾《おこ》して手足を温めてからでないと眠れない。男が来た夜は、体が火照っているうちにそそくさと寝てしまう。

今夜は疲れきっているから、火も男もいらなかった。

体を丸めて目を閉じる。

二

もし、それが一瞬遅く、死んだような眠りに引き込まれたあとだったら、やつらはいつまでたっても起きて来ない寝くたれ女に業を煮やして、引き上げていたかもしれない。元禄十五年十二月十六日も、あたいはお犬さまの声に起こされ、変わりばえのしない朝を迎えていたかもしれない。

戸を叩く音がした。

あたいは目を開けた。

どうせ寛次に決まってる。

聞こえないふりをして寝返りをうつ。

音は一向に止《や》まなかった。叩くだけでなくゆさぶっているのか、戸がはずれそうだ。

しぶしぶ身を起こした。

もしかしたら火事かもしれない。それとも御囲でなにかあったのか。

襟元をかき合わせて土間へ下りた。

「なにごとだい」

戸へ顔を寄せて訊ねる。

音が静まった。

するとお犬さまの声がやけに大きく聞こえた。

「だれだい」

もういっぺん訊ねた。

「あたしだよ」

およねさんの声だった。もっとも数えるほどしか話をしていないから、はっきりとは言えない。しかも聞き取りにくいふるえ声だし。

「およねさんかい」

つっかい棒をはずしかけて手を止めた。

あたいの鼻は不穏な気配を嗅ぎ分けていた。

およねさんは一人じゃない。まわりに人がいる。それも大勢。

「どうしたってのさ」

「頼むから開けとくれよ」

開けないほうがいいのはわかっていた。雷光もあたいの着物の裾を引っぱっている。

だからって、およねさんの哀れっぽい声を聞き捨てにはできなかった。

「お待ち。いま開けるから」

つっかい棒をはずした。立て付けのわるい戸をガタガタやっていると、外から男の手が出て、勢いよく戸が開いた。

開けたのは寛次だ。

真っ先に腫《は》れあがった右目が目に入った。あたいが石をぶつけたとこだ。

やれやれ。こんなこっちゃないかと危ぶんでたのさ。

寛次は今晩あたいと寝ると言った。だからその気でいるんだ。怪我をさせられた仕返しに、寝床であたいを存分に泣かせようって魂胆だろう。

「なんだ、おまえさんか」

思わずため息がもれた。

「約束は守ると言ったろ」

「へええ、おかしいねえ。約束した覚えはないけどね」

寛次の横を見ると、先刻、菊丸の骸を投げ合った男の一人が、およねさんの腕をつかんでいた。あたいと目を合わせたくないんで、およねさんは顔をそむけている。

脅されてしかたなく呼び出す役を演じたってんなら、怒るわけにもいかないや。ろくに親しくもない隣人のために怪我でもしたら、それこそ目も当てられないからね。

あたいが眉をひそめたのはおよねさんではなかった。

寛次の背後に五、六人の男たちがいた。酒が入っているのか、昂《たかぶ》っている様子がありありとわかる。

男たちの後ろには長屋の女たちがいた。好奇心をむき出しにして遠巻きに眺めている。さっきあたいから討ち入りの話を聞き出そうと親しげにすり寄って来たことなんか、きれいさっぱり忘れたみたいだ。

異様な目の輝き、紅潮した頬、なにかが――討ち入りのように胸を昂ぶらせる出来事が面前で起こるのを、男も女も待ちわびていた。

背筋が寒くなった。

「女一人買うのに、ずいぶん仰々《ぎょうぎょう》しい供揃《ともぞろ》えじゃないか」

鳩尾のあたりに不快なかたまりを感じながら、あたいは強がりを言った。

寛次はぺっと唾を吐き出した。

「買いに来たわけじゃねえ」

目ん玉の奥に凶暴な光がある。酔いで目のまわりが赤らんでいた。凶暴に見えるのがその赤みのせいであることを、あたいは祈った。

「だったらなんなのさ」

「お迎えに参上したんだ、おめえを祭にお招きしようってことになってよ」

「おあいにくさま。お断りだね」

戸を閉めようとした。

寛次の足がじゃまをした。

「遠慮するなって。おめえには礼をしなけりゃなんねえし」

「気持ちだけもらっとくよ」

「そんじゃあ、こっちの気が済まねえ」

「済もうが済むまいが、あたいの知ったことかい」

二人のやりとりを、男どもはにやにや笑いながら眺めている。女たちは息を詰めて見すえている。姿の見えないお犬さまだけが、あたいの味方をするように吠え立てていた。

あたいは遠い昔、闘犬を観たときのことを思い出した。

旗本奴はなんにつけ競い合うのが大好きだった。装束でも剣でも槍《やり》でも酒でも女でも犬でも。二匹の獰猛なお犬さまに死闘をさせるその遊びに、男どもは熱中した。

あの頃はもう生類を憐れむべしとのお触れが出ていたから、それはどこか人里離れた山中で行われ、後にも先にもいっぺんこっきりだったけど、あたいのまぶたにはくっきりと焼きついている。二匹の犬が血を流すたびに、苦痛に呻《うめ》くたびに、見物人の眸が輝きを増してゆくのを見るのは、胸糞がわるくなる光景だった。

旗本奴っていえば、そんな狼藉ばかりしてたから、お上に睨まれたんだよ。あたいが旗本屋敷へ移った頃は、もう取り締まりが厳しくなっていた。若殿さまも父君に叱られて、まともな暮らしをするようになったんだ。人並みの格好をして人並みの暮らしをしさえすれば「まとも」ってことになるのかどうか、あたいにはわからないけれど。

あたいをふるえ上がらせたのは、寛次でも男どもでもなかった。

見物人の女たちだ。

女たちはいつのまにか狭い路地にあふれていた。太めの女もいたし、武家くずれらしき女もいる。

あたいは刑場に引き出された罪人になったような気がした。

あのときつくづく、罪人の気持ちってのがわかったよ。槍や刀を手にしたお侍より、竹矢来の向こうに群れている人々——とりわけその中に、昨日まで親しげに挨拶を交わし合ったり米や味噌を貸し借りし合ってた隣人たちの好奇に満ちた顔を見つけたとき、じわじわと恐ろしさがこみ上げてくるもんだって。

こうなりゃ意地でも弱みは見せられない。

「帰っとくれ」

あたいは寛次を睨みつけた。

「そうはいかねえ」

「えらそうになにさ。なにさまだと思ってるのさ」

「おいらはおめえをお出迎えする役をおおせつかった。言うなりゃ勅使《ちょくし》さまだ」

「だから行かないって言ってるだろ」

「だから、そうはいかねえって言ってるんだ」

これは座興だった。寛次はあたいをかっさらいに来ただけじゃなくて、長屋の連中までたっぷり楽しませてやろうというんだ。

その手にはのるもんか。

きびすを返した。

寛次は腕をつかんで引き戻した。

あたいはカッとなった。怒りのあまり恐怖が消えている。

「むりやり連れてこうったってそうはいかないよ。みんなが見てるんだ。力ずくで女をさらって、ただで済むもんか」

　威勢のよい言葉とは裏腹に、内心は心もとなかった。ただで済まないなら、だれが仕置きをするのか。伊助さんか藤左衛門さんかお犬同心か。そろいもそろって、厄介事となると見て見ぬふりをする連中だ。

　あたいの心を読んだように、寛次は鼻を鳴らした。

「そいつはどうかな」

　ぐるりと見物人を見渡して、

「だれもしゃべりゃあしねえさ、なあ」

と、凄《すご》みをきかせた。

　気楽な観客のつもりが矛先《ほこさき》を向けられたので、女たちはちぢみ上がった。

　男どもはにやついている。

「犬吉はお犬さまの生まれ変わりだ。え、そうだろ」

　数人の女がうなずいた。

「だったらよ、お犬さまの祭にお連れするのはあたりめえだ」

　何人かの女がまたうなずいた。

　ちっ。勝手にしやがれ。胸の中であたいは毒づく。

「どうでえ。文句があるかい」

寛次の視線が武家くずれの女の上で止まった。

女はあわてて首を振った。

「いつだって、犬吉つぁんは、ぶつぶつ、お犬さまに取り憑かれたみたいで……」

「え、なんだって。犬の声で聞こえねえよ。もういっぺん言ってみな」

「だからさ、犬神さまの化身じゃないかって」

女はお犬さまの声に負けじと声を張り上げる。

「そうだろうともさ」

「あたしゃ気にくわないよ、この女」

「お高く止まってやがるんだ」

女たちがまたもや頬を紅潮させるのを見て、あたいはうそ寒さを覚えた。だれも助けてくれないとわかったら、抗《あらが》うのがばかばかしくなった。

「……てなわけだ。さてと、そろそろ行かねえと」

寛次が視線を戻したとき、あたいは腹を据えていた。

「行きゃあいいんだろ。ああ、行ってやろうじゃないか。行くからこの手、お放しよ」

寛次はひゅっと口笛を吹いた。

男どもはどっとあたいを取り囲んだ。

夜明けまでにはまだうんざりするほど時がある。祭とやらで、あたいはいったい何十人の慰みものになるんだろう。

いいさ。煮ようが焼こうが好きにするがいいや。どうせなら張り裂けるまであたいの体を使いきって、犬埋場に埋めとくれ。

生まれたときからずっと、あたいはだれかの慰みものだった。今さらびくつくこともない。ないけれど……。

依田さまの顔が浮かんだ。

胸がずきっと痛んだ。

依田さまのことは思うまいと心に決める。

「それじゃあご案内いたしやしょう」

「なんだ、お犬駕籠でお出迎えかと思ったよ」

「こいつぁ気がきかねえこって」

男どもに小突かれて歩きはじめたときだ。だれかが追いすがった。

「お待ちよ。ねえ、勘弁してやっとくれ」

およねさんだ。

寛次は足を止めた。

「うるせえ、このアマ。すっこんでろ」

襟元をつかみ、勢いよく投げ飛ばした。男どもの一人が駆け寄って、置きみやげに足蹴りを見舞う。

「なんてことするのさ」

あたいは悲鳴を上げた。

およねさんのとこへ飛んでいって抱き起こしてやりたかった。せめて「あたいのことなら心配いらないよ」と言って、安心させてやりたかった。安心なんか、針の先ほどもできはしなかったけれど。

両側から腕をつかまれた。背中を突き飛ばされて木戸をくぐり、またも腕をつかまれて追い立てられる。夜道だし、まわりを男どもが囲んでいるから、たとえ人がすれちがっても、あたいがむりやり連れ去られるところだとはだれも気づかないだろう。

どうせ、他人さまの助けなんぞ当てにしちゃいないよ。

三

一行は二の御囲の御門がある南ではなく、北方へ向かった。番所を避けて、壊れた竹矢来から犬埋場へ入り込み、犬埋場を突っ切って二の御囲へ入ろうというんだ。

道らしい道はない。だだっ広い枯れ野は裸木が骨ばった枝をさらし、枯れ残った薄《すすき》が亡霊のようにゆらいでいる。お犬さまの声までが、地獄の底からわき上がってくるうめき声みたいだ。

御囲人足はそろって蟒蛇《うわばみ》ぞろいだから、安酒を浴びるほど飲んでも千鳥足にはならない。歩調を合わせるだけでもたいへんなのに、酒の臭いを振りまいて浮かれ騒ぐ。胸がむかついて、あたいはさっき食べた粥を戻しそうだった。

「よお、犬吉、今夜はいいもんが見られるぜ」

寛次が上機嫌で話しかけた。

あたいは聞こえないふりをする。これから我が身に降りかかるはずの災難を思えば、声を出す気力なんかこれっぽっちもありゃしない。

知らん顔をしていると、

「おいらの親父《おやじ》は六尺でよ……」

と、いきなり口調を変えた。

酒の酔いと祭の浮かれ気分が舌をなめらかにしているとはいえ、ごろつきが身の上話をはじめるとは思ってもみなかった。

寛次の声には苛立《いらだ》ちが滲んでいた。

「旗本の屋敷に雇われてたんだがよ、ろくな銭はもらえねえ、おまけに朝から晩までこきつかわれる、あげく、なにが気にいらねえのか、おめえはもういらんってなもんで追ん出されちまった。おいらがまだ小《ち》っこい時分のことよ」

男どもは好き勝手に卑猥《ひわい》な冗談を言い合ったり、下卑た笑い声を上げたりしている。だれも寛次の話なんか聞いちゃいない。

あたいだって酔っぱらいの戯言《たわごと》なんか聞きたくもないや。けど、耳元でがなり立てられたんじゃ、いやでも耳に入って来る。

「へ、それからはろくなことがなかったぜ」寛次は砂を蹴飛ばした。「親父は辻駕籠担ぐようになったが、そいつがまたまたひでえ仕事さ。ひもじい暮らしをしてるとこへ大火で丸焼け、みんなおっ死ぬ。おいらは親父の肩の痣《あざ》見て育ったから、こんりんざい駕籠かきなんざやるもんかと決めてたんだが……。背に腹は替えられねえや。とうとうお犬駕籠を担ぐはめになっちまった。笑うに笑えねえたぁこのことよ」

新参者の寛次は、お犬さまのお世話係になる前、お犬さまを御囲へ運ぶ仕事をしていたらしい。なぜそんな話をしたのか、次のひとことでようやくわかった。

「いばりくさった旗本も大きれえだが、お犬駕籠にふんぞりけえってる野郎もがまんがならねえ」

お犬駕籠は竹で編んだ駕籠に板屋根をつけたもので、庇に通した竹の棒を二人の駕籠かきが担ぐ。先導のお侍さまをはじめ、ぞろぞろと十人前後が付き従う光景は、たしかに仰々しかった。だけどお犬さまだって好きで担がれてるわけじゃなし、お旗本と一緒にされちゃ迷惑ってもんだよ。

寛次は怒りのこもった目で前方の闇を見すえている。月明かりが頬のこけた横顔を病人のように青白く照らし出していた。腫れあがった片目だけが青黒い。

「浅野の浪士にあやかって、おれたちもいっちょやらかした。仇を討ってやったんだ」

聞き捨てならない言葉に驚いて、あたいは体中を耳にした。

なにをやらかしたっていうんだろう。

と、そのとき、だれかが女の話をして、一同がどっと笑った。廓育ちのあたいでさえロにするのをはばかるようなことって言えば、だいたい想像がつくよね。

あたいは顔をそむけた。

雷光、おまえが人間だったらよかったのに。おまえは卑猥な冗談を言ったりしないよね。女を笑いものにしたり、ましてや慰みものにしたりしないよね。

もしおまえが人間なら、あたいも今とはちがっていたかもしれない。悪態なんかつかないし、唾を吐いたりもしない。歯をへし折ったりしないし、股間を蹴り上げたりもしない。おまんまだって作るよ。お針だって習うよ。雑巾がけだって、洗い物だって。いつもこざっぱりとして、きれいに髪を結って、銭があれば紅だってつけるよ。日《ひ》溜《だ》まりに並んで座って、おまえの話を朝も夜も、夏も冬も、ずうっと聞いてるんだ。あたいは自分でもいやな女だと思うけど、もしも、おまえが人間の男だったら、お江戸中でいちばんいい女にもなれたような気がする——。

男どもの話に耳をふさいで、あたいは雷光に話しかけた。

でなけりゃ、ひと足ごとに高まってくる不安に堪えられなかったから。

そう。あたいには雷光がいる。こうして話していれば、今夜だって、なんとかやり過ごせるかもしれない。

竹矢来が見えてきた。

うねうねとつづく矢来は、大蛇がのたくっているようだ。

「ここをぬけるのだけはぞっとしねえな」

壊れた竹矢来を跨《また》いだところで、寛次は顔をしかめた。

犬埋場へ足を踏み入れたとたん、なにかにじっと見られているような気がした。闇が幾重にも重なって、ひとつひとつの襞《ひだ》の合間から獣の目玉が覗いている……。

気がつくと、手のひらが湿っていた。脇の下もじっとりと汗ばんでいる。

一行は竹の卒塔婆を縫うように前進した。

いやでも菊丸を埋めたときの出来事がよみがえった。

あたいは泣いて依田さまを困らせた。そればかりか、売女だと教えて不愉快な気分にさせた。さぞやうんざりしておられるにちがいない。どこかで出会っても、もう二度とあたいに話しかけてはくださらないだろう。

胸に穴が空いているのか。すうすう風が通り過ぎてゆく。

雷光が死んだ夜もそうだったっけ。体の半分がすぽんと落っこちたみたいだった。夏なのに、空っぽになった体に寒風が吹きつけていた。

忘れていた寒さを思い出して、あたいは歯を鳴らした。

「墓地が怖いたぁ、おめえも可愛げがあるじゃねえか」

寛次があたいのお尻を触った。

あたいは爪を立てた。

「いてっ」

寛次は手を引っ込めた。

「ま、いいや。そうしていられるのも今のうちだ」

ふん。なにもわかっちゃいないんだね。

墓地が怖いんじゃない、寒いだけさ。それも、体のどっか奥深いところが。

菊丸の骸を埋めに来たとき、このままずんずん歩いていったら三途の川へ出るんじゃないかと思った。どうせなら、ほんとに三途の川へ出ちまえばいいのに。どこまで歩いても御囲なんかに行き着かなきゃいいんだ。

あたいの切なる願いは叶《かな》えられなかった。

木戸は開いていた。さっき依田さまが閉めたと思ったのは思いちがいだったのか。

熊平さんの小屋には明かりがともっていた。入口の戸は開けっ放しで、戻っているやらいないやら、ひっそりと静まりかえっている。

あの小屋へ逃げ込んだらどうだろう。あたいは考えた。

だめだ。熊平さんが窮状をわかってくれるとは思えない。万にひとつあたいを庇《かば》ってくれたとしても、凶暴なごろつき相手だ。いくら熊平さんが力持ちだからって、たったひとりじゃ、勝負になるもんか。

「運のわるいやつだぜ」

寛次が小屋を横目で眺めながら言った。あたいではなく、仲間のだれかに向かって。

「目障りな野郎さ」

だれかが応えた。

「人さまよりお犬さまがいいってぇ野郎は、どいつもこいつも気にくわねえ」

寛次はじろりとあたいを見た。

「人さまを粗末にした罰だ。どっちにしたって、あいつはここがちっと足りねえんだ。わけなんかわかるめえ」

男どもがなぜ熊平さんを話題にするのか、あたいにはわからなかった。いつもはだれ一人、まともに顔を見る者さえいないのに。

別の声がつづけた。お犬さまの声が大きくなったので、わめかないと聞こえない。

「おいらが世話んなってた家じゃあよぉ、病に罹ったお犬さまを医者に診《み》せずに死なせたってんで、亭主が島流しになったんだぜ」

声の主の顔を、あたいははじめてまともに見た。

痩せこけた若者は、寛次が菊丸の骸を取り上げようとしたとき「やめろ」と反対した男だった。もっとも、そのあとは一緒になって投げ合ってたけど。

「おふくろは長患《ながわずら》いしてたが、薬も買えずに死んじまった。いったいどこに、お犬さまを医者に診せる銭があるってんだ」

若者は腹立たしげに小石を蹴飛ばした。

「お犬さまを殺して打ち首になったやつを知ってるぜ」

別の男がわめいた。

「ちくしょう。やつらばかし、ぬくぬく肥え太りやがって」

お犬さまにはみんな、よほど腹にすえかねているらしい。

御囲のお犬さまは肥え太ってなんかいないけどねえ。それどころか毛が抜け、歩くことさえできなくなって、早死にするもんだってたくさんいるのに。

とはいえ、お江戸ではもちろん、お犬さまは悩みの種だった。粗略に扱ってはならぬとお触れが出たら、お役人が二六時中、目を光らせるようになった。お咎めが怖くて、だれもお犬さまには近づかなくなっちまった。

あたいが小っちゃい頃は、野良犬を見れば餌をあげたものだ。泥棒除けにお犬さまを飼ってる廓もあったし、付き馬のおっちゃんが銭を取り損ねた代わりに子犬を拾って帰って来た、なんて話も聞いたことがある。

ところが今はどうだい。かかわりになるのが怖いから、野良犬を見ると逃げ出す。飼い犬をこっそり捨てる。あの頃からだよ、腹を空かせたお犬さまが群をなして人を脅かすようになったのは。

若殿さまが唐犬を手放したのも、粗相があってお家の大事になっちゃいけないって、父君や兄君にせっつかれたからだ。雷光だけは老犬だし、馴染みも深いし、手元に残すことになったんだけど、それがお家を潰すはめになったんだから一寸先は闇。明日どうなるかわからないってのはほんとだね。

おっと、いけない。

石ころにつまずいて、転びそうになった。

鼻先まで迫って来た恐怖を忘れようとして、あれこれよけいなことに思いをめぐらせていたけれど、それももうお終いだ。

ここは御囲、祭の舞台。あたいには晴れがましい出番が待っている。

あたりは闇に沈んでいた。お犬小屋の三角屋根の影が波頭のように連なっている。あんまりたくさんあるんで、かえってほんとうにあるようには見えない。

もしかしたら雷光とおんなしで、あたいの目にだけ見えてるんじゃないだろうね。陽が昇ったら煙のように消えちまって、武蔵野の原野が果てしなくつづいてる、なんてことになるかもしれないよ。

もしそうならどんなにいいだろう。

お犬さまの声は相変わらず止みそうになかった。昼間ほど凄まじくはないものの、どこかで吠え声が聞こえると周囲がいっせいに騒がしくなる。あそこと思えばここ、ここと思えばあそこ。遠く近く、何万匹ものお犬さまが何万坪もの闇夜の檻《おり》で吠え立てている。

ふっと胸を衝《つ》かれた。

なぜ、この声を聞くと哀しくなるのか。

廓には張見世《はりみせ》があった。清掻《すががき》と言って新造《しんぞう》が三味線をかきならす音を合図に、女たちが見世に出る。お犬さまの声を聞いてあの三味線の音色を思い出した。心急《せ》くようなあの音……。

考えるのはよそう。感傷にふけってる場合じゃないんだ、今のあたいは。

四

祭は獰猛なお犬さまを集めたお犬屋敷で開かれているという。日頃は足を向けるのさえいやがってる連中が、どういう風の吹きまわしか。

近づくにつれてにぎわいが流れて来た。酒盛りをしているらしい。

それにしても、お犬屋敷の中だけお犬さまの鳴き声が聞こえないのが妙だった。

「着いたぜ。みんな、お待ちかねだ」

寛次はあたいに目配せをした。

「おい。犬吉のお出ましだ。知らせて来い」

仲間の一人を先に押し込む。

そのときだった。あたいは死臭を嗅いだ。

雷光が足元で吠え立てている。

はじめは自分の死臭かと思った。今、お犬屋敷の中では、飢えた男どもがあたいを餌食にしようと待ちかねている。やつらは容赦なくあたいの体を貫くだろう。あたいは精も根も尽き果て、鞠《まり》さながら手から手へ投げ渡されたあげく道端のぬかるみに墜落した菊丸のように、ぼろぼろに引き裂かれて放り出される。自分の死臭を、もしや、早々と嗅いだんじゃないか。

怖《お》ぞ気《け》をふるってあとずさる。

そのとき、あたいは気づいた。

死臭の正体がなんなのかってことに。

「おまえら、お犬さまになにをしたんだい」

血がすっと下がって、一瞬、頭の中が真っ白になる。我が身に迫る危難なんか、もうどうだってよくなっていた。

「じゃまだ、おどき」

入口に立ちふさがっていた寛次を突き飛ばした。男どもを手荒く押しのけ、お犬屋敷へ飛び込む。

胸が大きく波立って、体中から汗が噴き出していた。

「お、犬吉だ」

「よお、犬吉。遅いじゃねえか」

「首は取らねえ。安心しな」

「今夜はまたいちだんといい女っぷりじゃねえか」

「こっちぃ来いよ。おめえも一杯どうでぇ」

男どもはいっせいにはやしたてた。数人ずつひとかたまりになって、酒樽を囲んでいる。酔いつぶれて床に伸びている輩《やから》も、壁にもたれて舟をこいでいるやつもいた。

部屋の中は酒の臭いや男どもの体臭、人いきれでむっとしている。

にもかかわらず、死臭は濃厚になった。

はやし声や下卑た哄笑が頭上を通り過ぎて、周囲の色も音も臭いも、死臭以外はなにもかもが一瞬にしてかき消えた。

あたいは凍りついた。

これは、今あたいが目にしているものは、ほんとにこの世の光景だろうか。

入口から一歩入った左手に、お犬さまの骸が無造作に積み上げられていた。あるものは血まみれになって、あるものは不自然に首や手足が折れ曲がって、見るも無惨な姿だ。

次の瞬間、あたいは自分の悲鳴を聞いた。小屋が吹き飛ぶほどの。

小屋は吹き飛ばなかった。

男どもの嬉々《きき》とした顔も変わらなかった。

「権太。疾風。次郎兵衛。ああ、小矢太も長助も……」

あたいは骸の山に駆け寄った。

男どもは酔眼を凝らして眺めている。あたいの取り乱す姿を眺めるのも、きっと今宵の座興のひとつなんだろう。

血だらけの権太を抱きしめ、冷たくなった疾風に頬をすり寄せた。次郎兵衛の薬を塗ってやったばかりの足はくだけていた。

大部屋に入れられていたのは獰猛なお犬さまだ。けれどあたいに危害を加えたことは一度もなかった。目の前で酒を食らってる糞ったれどもとちがって、お犬さまは、罪のない者に八つ当たりをしたり、弱い者いじめをしたり、大勢で寄ってたかって騙《だま》し討《う》ちにしたり、そんな非道なことは断じてしないんだ。

男どもの談笑が聞こえている。

表では生きているお犬さまの声……。

あたいは床に這いつくばって、次々に骸を抱擁した。体の中を炎が駆けめぐっている。腹も胸も喉元も焦げつきそうになっていたけれど、涙は出なかった。涙を忘れさせるほどの燃え滾《たぎ》る怒りが渦巻いていたから。

お犬さまは一匹残らず撲殺されていた。

ただし凶器は棍棒《こんぼう》ではない。

骸の傍らに万能、鍬、鋤《すき》、鎌、斧《おの》など、農具が散らばっていた。よくよく眺め、あたいはもう一度悲鳴を上げそうになった。

ここにあるものはみんな、熊平さんの小屋にあったものだ。

そうか。そうだったんだ。

道々寛次が言った言葉が今になってわかった。ごろつきどもは、日頃の鬱憤《うっぷん》をはらすためにお犬さまを殺し、罪を熊平さんになすりつけようというんだ。

ごまかそうったってそうはいかないよ。

あたいは顔を上げた。男どもを見渡した。目には見えなくても、あたいの両眼から放たれた矢が一人一人の目に突き刺さり、濁った目ん玉から真っ赤な血飛沫が噴き上がるようにと、それだけを念じながら。

「おまえらが、殺《や》ったんだね」

あたいは言った。

談笑が途絶えた。

「どうなるか、覚悟はできてるんだろうね」

あたいが御囲へ来る前の話だけど、この小屋で事件があった。猛犬の喧嘩を止めに入ったお侍さまが反対に襲いかかられ、数匹を撲殺してしまった。お目付さまの前に引き出されたお侍さまは、その場で立ち腹をかっさばいたそうな。

やむをえない事情で死なせてしまったって、申し開きはできない。これだけの数のお犬さまを面白半分に撲殺したとなったら、打ち首どころか、市中引きまわしの上、磔《はりつけ》・獄門、それだって軽すぎるくらいだ。

男どもの顔に怯えが走ったのは、自分の首が晒し台にのっかってるとこを思い浮かべたからだろう。

おまえらの首がずらりと並んだら、さぞやにぎやかだろうね。もっともあたいは、汚い首なんか見たくもないけれど。

動揺を鎮めたのは、寛次ではなく孫兵衛だった。

「お犬さまを殺ったなあ熊平だ。やつは正気じゃねえ。おれたちは止めようとしたんだが手のつけようがなかった。な、そうだろ」

そうだそうだと、男どもはうなずいた。

「やつの農具が転がってるのが、なによりの証拠さ」

「熊平さんが夜叉《やしゃ》明王《みょうおう》とは知らなかったね。何本手があるんだい」

あたいは言い返した。

「片っ端から試し打ちをしたのさ。やつのやり方は常人たぁちがうんだ」

答えたのは条蔵だった。

条蔵も孫兵衛も、御囲の工事を命じられたがためにお家断絶になったという——たしか津山の森家といったっけ——大名家とかかわりがあると聞いている。お犬さまへの積年の恨み辛《つら》みが浅野の浪士の快挙を耳にして一気に噴き出したってんなら、わからなくもないけれど。

だとしたら、怨む相手がちがうんじゃないのかい。

孫兵衛はともかく、餌飼場で黙々と粥を配っていた条蔵がお犬さまを追いまわして撲殺する姿は、どうしたって浮かんでこない。

驚くのはまだ早かった。

五郎八さんが床で鼾をかいていた。

まさか五郎八さんまで、お犬さま殺しに加わっていたんだろうか。

ことがはじまる前に酔いつぶれてしまったのかもしれない。みんなの熱気に押し流されて、止めようがなかったのかもしれない。

いや、酔いしれていたんだ。五郎八さんも長屋の女たちのように。討ち入りという抗いがたい熱風に煽《あお》られて。

「言いくるめようったってそうはいかないよ」

きっぱり言ってやった。

断じて許せない。

ねえ、雷光。そうだろ。おまえだってこんなこと許さないよね。

雷光には善悪を見分ける目があった。人一倍温かな心があった。死を賭《と》して闘う勇気があった。

そう、あの夜、あたいはひどく怯えていた。心底、若殿さまの仕打ちが耐えがたくなってたんだ。

だけど若殿さまはやって来て、あたいの腕をつかんだ。ずるずる引きずられながら、あたいは雷光を見つめた。すがるような目で。

その夜にかぎって格子が開いていた。よぼよぼの老犬だから油断したんだろうね。ほんとさ。雷光はもう目がかすんでいたんだよ。足腰だってぎくしゃくしてた。あたいが話しかけたって、首さえ上げられないときもあったんだ。

雷光は低く唸った。若殿さまが振り向くや、大きく跳《と》んだ。

嘘《うそ》じゃない。跳んだんだよ。高々と。老いさらばえた雷光が。

雷光は若殿さまの肩に嚙みついた。

——おのれ。恩知らずめ。

若殿さまは肩から血を流し、苦痛に呻きながら犬小屋を飛び出した。が、すぐに戻って来た。抜身の刀をつかんで。

殺気が小屋にあふれた。

雷光は逃げも隠れもしなかった。勇ましく挑みかかった。万にひとつも勝ち目がないと知ってたはずなのに、一歩もあとへ退こうとはしなかった。

あたいだって退かないよ。退くもんか。見ておいで、雷光。

「おまえらが殺ったって、あたいがしゃべってやる」

あたいは憎悪をこめて一同を睨みつけた。

「なんとほざこうが勝手だが、だれも信じやしねえよ」

寛次はへらへらと笑った。

「売女一人の言うことと、ここにいる全部が言うことと、さて、お犬目付はどっちを取り上げるか。言うまでもねえが」

「だったら伊助さんに……」

「伊助ならそこにいるぜ」

寛次の視線を追いかける。

伊助さんは壁に寄りかかって目を閉じていた。狸《たぬき》寝入りかもしれない。厄介事に巻き込まれたくないんで寝たふりをしてるんだ。

ちきしょう。どいつもこいつも……。

あたいは御囲中を敵にまわしている。勝ち目はなかった。

いつだってそうだ。どっちがほんとかなんて、どうだっていいんだ。数が多いほう、強いほう、銭があるほう、大っきな家に住んでるほう、お侍と人足だったらお侍、人足と淫売だったら人足——勝ち負けってのは最初から決まってるんだから。

ふっと、依田さまの話を思い出した。

依田さまならあたいの話を聞いてくださるかもしれない。

そう思ったとたんにため息がもれた。売女だなんて言うんじゃなかった。あたいはわざわざあの澄んだ目に砂をかけてしまったんだ。今となってはもう遅い。

「せっかくお出まし願ったことだし、なあ犬吉、このままお帰しするのも愛想がねえな」

寛次は一歩足を踏み出した。

「おっと、タダとは言わねえ。今晩はめでたい祭じゃああるし、ご祝儀一匁でお相手願うってなぁどうだい」

そうだ、それがいいや、と男どもがはやし立てた。

「いやなこった」

あたいは万能をつかんで身構えた。

お犬さまの骸を見るまでは、慰みものになる覚悟をしていた。好きにしやがれと腹をくっていた。

今はちがう。お犬さまを殺したやつらに抱かれるのはごめんだ。血に染まった手でなでまわされ、死臭のしみ込んだ体にのしかかられるなんて、反吐《へど》が出ちまうよ。

「あたいを抱こうってんなら、力ずくでやるんだね」

何人かの男どもは鼻白んだように顔を見合わせた。何人かの男どもはただ好色な酔眼を向けてきた。けれどそれ以外の男どもは嬉々として近づいて来た。

まったく、なんてやつらだろう。

こいつらはどうかしちまったんだ。お江戸の真ん中で浪士衆が旗本屋敷へ討ち入るのだって、考えてみりゃあ、嘘みたいな話だもん。嘘みたいな話を聞いて、みんな、すっかりおかしくなった。自分たちも嘘みたいなことができるような気になっちまったんだ。

男どもが武器を拾い上げるのを、あたいは悪夢を見るように眺めた。

「おもしれえや。どっからでもかかってきな」

寛次が舌なめずりをした。

あたいのまわりを、鎌や鍬を手にした七、八人の男どもが取り巻いている。こうなったら輪を切りくずして外へ逃げるしかない。

入口近くにいる男に向かって万能を打ち下ろした。

男は鍬であっけなく跳ね上げた。

剣術の心得なんてあるはずもなし。あたいはめったやたらに万能を振りまわした。腕がだるくなるだけで、ちっとも当たらない。

一対一なら、十にひとつくらいは勝ち目があった。腕に嚙みつく。肘衝きを食らわす。股間を膝で蹴り上げる。ま、そんなとこ。あたいだって捨てたもんじゃないよ。けど多勢に無勢じゃお話にもなりゃしない。

孫兵衛の鋤があたいの武器をはじき飛ばした。万能が手から落ちると、男どもは馬糞に群がる蠅《はえ》みたいに襲いかかった。酒臭い息でめまいがしそうだ。

左右から両腕をつかまれ、大っきな手に顎をぐいとねじまげられた。待ちきれないやつが乳房をつかんだけれど、そいつには足蹴りを見舞ってやった。

悲鳴が上がり、どっと笑い声がわき上がる。

何本かの手があたいの足を持ち上げた。蹴り立てようとして、あたいは暴れた。抗ったとこでむだだってことくらい、とうにわかってたけれど。

軽々と担がれ、奥まった一隅に投げ出される。お犬さまの死骸の隣じゃあ、立つもんも立たなくなっちまうってわけか。

投げ出されたのはお犬さまの布団の上だった。それも洗いたての。筵じゃないだけましだ。お陀仏《だぶつ》になってそのまま筵にくるまれるんじゃ、いくらなんでもみじめだから。

男どもは順番で揉《も》めてるようだった。

あたいは天井を見つめた。濃い闇のかたまりに、薄っすらと竹の棒が見えた。無数の卒塔婆が影法師のように並んでいる。

あそこにまた新たな卒塔婆が加わる。土が掘り返され、十余りの骸が投げ入れられる。

武器をにぎりしめてたときは忘れていたのに、今や、爪先から髪の先まで哀しみがあふれていた。

権太。おまえのふさふさした毛に血がこびりついちまったね。艶やかな毛並みが自慢だったのに。

疾風。忘れないよ。敵意をむき出しにしてたおまえが、ちぎれるほど尻尾を振ってあたいにじゃれついてきた日のことを。

次郎兵衛。おまえは喧嘩ばかりしてたね。いつもどこかしら怪我をしてた。薬を塗ってやるときれいになめちまうし、布でしばっておけば食いちぎってしまうし、おまえには頭を悩ませたもんだよ。

寛次があたいの手に一匁握らせた。名古屋帯を抜き取り、布子の前を開く。湿った手で乳房をつかみ、膝で両足を押し開いた。

あたいは死んでいったお犬さまのことを思った。一四一四、名前を呼んで、顔や姿を思い浮かべる。野良犬か捨て犬か、お犬役人に囚われ、お犬駕籠で御囲へ運ばれた。ここじゃ贅沢な暮らしをしてたように見えたけど、お犬さまの気持ちはわからない。どっちにしろ殴り殺されちまったんだから、御囲に入れられたのが運の尽きだった。

寛次に揉みくちゃにされ、荒々しく突き上げられながら、あたいは胸の内で「ごめんよ、ごめんよ」とつぶやいた。こいつらの代わりに謝っているんじゃないよ。なぜだかわからないけれど、お犬さまの不幸までがあたいのせいみたいな気がしたんだ。

寛次が体から離れると、孫兵衛があたいに一匁押しつけた。餓えた獣みたいにのしかかって来る。重いんで押しつぶされそうだ。ここんとこずっと拒んでたせいだろう、汗を飛び散らせ、目をむいて、あたいによがり声を上げさせようと奮闘する。

卒塔婆の数をかぞえようか。

骨をお手玉にして遊ぼうか。

幾千代姉さんがいつか話してくれたっけ。大昔のお姫さまの話。お姫さまの体から魂が抜け出して、恋い焦がれたお殿さまの奥方さまに取り憑いてさ、とうとう殺しちまったんだって。

――知っていなんすかえ。生霊《いきりょう》でありんす。

あたいは、あたいの体からその生霊ってやつが抜け出して、飛んでゆくところを思い描いた。

できるなら依田さまのおそばへ行きたい。

取り憑いて殺すためじゃない。雷光のように、ひっそり隅っこにうずくまっているためだ。手招きされたら飛んでゆく。依田さまがあたいの頭をなでて、あたいは依田さまに鼻をすり寄せる。ただ、それだけ。

孫兵衛が果てると、三番目の男がやって来た。名前は知らない。話したこともない。いつも遠くから、ねちっこい目で眺めていた男だ。

男はあたいの指をこじ開けるようにして、一匁をすべり込ませた。

酒臭い息が首筋をなでまわす。あたいは首をよじった。すると男は髪をつかんで、引き戻した。頬を張られたのか、みみずばれがひりひりする。

乱暴に扱われるのは慣れっこだ。これでも年季が入ってる。

若殿さまは、気が向くとあたいを抱きに来た。いつも酒臭い息をして。毎日のようにやって来ることも、何ヵ月も顔を見せないこともあった。

あれは若殿さまが派手ないでたちをあらため、雷光以外の唐犬を手放したあとだ。次々に変化が起こった。まず兄君が亡くなって、若殿さまが家督を継いだ。奥方さまがお輿《こし》入《い》れになり、麹町から四谷へお屋敷替えがあった。それから父君が亡くなった。

大事が起こるたびに足が遠のく。久々にやって来ると、若殿さまは以前とは人が変わっていた。出会った頃は粗暴でむらっ気があったとはいえ颯爽《さっそう》としていたのに、だんだん意地悪になって、抱き方もしつっこくなった。

あたいは若殿さまの血走った目が怖くて、弄《もてあそ》ばれている間中、雷光と他愛のないおしゃべりをしていた。もちろん声には出さなかったけれど。

雷光は今、あのときのようにあたいを見つめていた。

あたいも雷光の目を見つめていた。

眸の中に男が映っていた。あたいのゆがんだ顔も映っていた。男は次々に替わる。あたいの顔はどんどん醜くなる。

醜さがきわまると大きくくずれ、目の縁からこぼれ出した。

ばかだねえ、なんで泣くのさ。

雷光が泣いているのかと思った。あたいの目頭からも、こめかみを伝って熱いものが流れていた。

さあ、めそめそするのはよそう。なにかいいこと、考えようよ。そうだ。見てごらん。銭がこんなに貯まったよ。なにを買おうか。おまえはなにが欲しい？

雷光は耳の先っぽをぴくりとさせた。

欲しいものならいっぱいあるはずなのに、どうしちまったのか、思いつかない。欲しいもの、欲しいもの、ええと、とびきり欲しいものは——。

いつのまにかまわりの喧噪が消え、お犬さまの声も遠ざかっていた。壊れた人形みたいに、体だけが、気持ちなんかお構いなしに跳ねまわっている。だけどそんなことも、もうどうだっていいや。あたいはどうせ抜け殻だもん。

雷光……。

言葉にならない声でつぶやいた。

疲れたね、くたんくたんに。

五

最初に嗅いだのは死臭だった。

あたいは小鼻をひくひくさせた。

真っ暗でなにも見えない。重く湿ったものが体を覆っている。

犬埋場の土中に埋まっているんだと、あたいは思った。

どうしてこんなことになっちまったんだろう。

寛次が長屋へ迎えに来た。御囲で祭があると言って。追い立てられてゆくあたいを、長屋の女たちが冷ややかな目で見送った。

祭……。お犬さまの！

「あっ」と声を上げた。

なにもかもがいちどきによみがえった。夜道、骸、万能、哄笑、湿った手、汗、酒臭い息、一匁……。

両手を持ち上げた。右手も左手も、一匁たりと逃すまいとでもいうように銭を握りしめている。

強欲なお吉坊——。

あたいはひきつった声で笑った。

ひい、ふう、みい……数えかけて息を呑み、一気に投げ捨てる。ちゃりんちゃりんと音がして、銭は四方に散らばった。

空々しいほどあっけらかんとした音だ。消えたあとも耳の奥でこだましている。

体を起こそうとして思わず呻いた。頭が痛い。体の節々も痛い。なにより下腹が焼けつくように痛い。

それでもあたいはまだ生きていた。生き延びたことを喜んでいいかどうかは、大いに疑わしいけれど。

いっそここがほんとに土中なら、このまま深い眠りについて、おぞましい出来事をきれいさっぱり忘れてしまえるのに。

眸を凝らした。暗闇に目が馴れてきたので、あたりの様子がわかった。

がらんとしている。酔いつぶれた男どもの姿はむろんのこと、酒樽も、そこここに転がっていた椀もない。

あれは幻だったのか。ここで、数十人の男どもが酒盛りをしていたのは。

いや。祭はお開きになったんだ。お犬役人に見つからないように、あいつら、後かたづけをして帰っていったんだ。

苦い唾を呑み込んだ。

糞ったれ。思う存分楽しんで、あとはほっかぶりしようってんだね。

土中に埋まってると思いちがいをしたのは、布団のせいだった。体の上に、お犬さまの布団が何枚も重ねてかけてある。凍え死んではかわいそうだと気をまわした者が、少なくとも一人はいたらしい。

へん。ありがたすぎて涙が出るよ。

吐き捨てて、布団を押しのけた。冷気が肌を刺す。

はだけた布子をかき合わせ、帯を拾い上げた。ふと、これで首を括《くく》ることもできるんだ、と思った。引っ掛けるとこがないか、あたりを見まわす。

そのとき、どこかでお犬さまが吠えた。ちがう。どこかじゃない。あっちでもこっちでも、前後左右いっせいに。

突然、激しい怒りがよみがえった。

今死んでごらん。熊平さんの罪状がひとつ増えるだけじゃないか。お犬さまを殺しただけじゃすまなくて、売女を犯し、死に追いやった。辻褄《つじつま》が合おうが合うまいが、気にするもんなどいやしない。

きゅっとしごいて、帯を結んだ。

床に落ちた紐を拾い、ばらけた髪をひとつにくくる。

死んでなんかやるもんか。

拳をにぎりしめた。

土中もここもおんなし、ならあわてて死ぬ必要もない。

下腹を押さえ、そろそろと骸の山に近づいた。

あたいはお犬さまの亡骸を眺めた。

浅野のお殿さまが殿中で刃傷事件を起こした。お殿さまは切腹になって、お家は断絶になった。浪士がお殿さまの無念をはらすために討ち入りをして、吉良さまの御首級をとった。快挙が伝わるや御囲は狂乱、浮かれ昂った人足どもがお犬さまをなぶり殺した。

さっきはそれで納得がいったような気がした。でも、やっぱりよくわからない。見も知らないお殿さまの刃傷事件が、なぜ、お犬さまの骸の山になっちまうのか。

雷光が死んだときの光景がよみがえった。

若殿さまは土気色の顔をして、大きく肩をあえがせていた。血のついた刀をにぎりしめ、その手をだらんとたらして、愛犬の骸を食い入るように見下ろしていた。凶暴な光が消え失せると、眸は底知れない空洞になった。

あたいは、と言えば、狂ったように泣きわめき、こぼれた臓腑を腹へ詰め込もうと両手を血だらけにしていた。はっと気づくと、眼前に切っ先があった。

真っ赤な両手を顔にかざし、指の隙間から若殿さまを睨みつける。目が合った。

若殿さまの両眼は濡れていた。刀身を血ぶるいしてきびすを返し、黙したまま出ていってしまった。

あたいは放心していた。

使用人のだれかが訴え出て、真野家に改易の沙汰が下ったのは、それからひと月ほどたってからだ。

あの夜以来、若殿さまの姿を見ていない。

お犬さまにはもう触れなかった。

菊丸のようにこの手で埋めてやりたいけれど、あたいには犬埋場へ運ぶ力がない。頭は重いし、下腹もまだずきずきしている。

両手を合わせて後生を祈り、外へよろめき出た。

あまりの寒さに凍りついてしまいそうだ。あわてて戸の陰に避難する。息をつき、

「さて、どうしようか」と考えた。

長屋へ帰って寝ちまおうか。

わるい夢を見たと思えばそれで済む。

けど、御囲はそうはいかない。夜が明ければ大騒ぎになる。熊平さんは捕らえられ、大罪人としてお江戸へ連れてゆかれる。

番所へ出向いて、ありのままを話そうか。

おんなしことだろう。熊平さんがいなくなってもお犬役人は痛くも痒《かゆ》くもないけれど、数十人もの人足がいちどきに引っ立てられてしまったら、明日から御囲は立ちゆかなくなる。となればどっちの言い分が取り上げられるか、考えるまでもない。

思案のすえ、熊平さんの小屋へ寄ってゆくことにした。

夜明けまでどのくらい時間があるのか。熊平さんに事情を話して、逃げろと勧めてみよう。あたいの話をわかってくれるかどうか心もとないけれど、やってみるだけの価値はある。

話が通じますようにと祈りながら、闇の中へ足を踏み出した。

口がきけなくても聞く耳はある。少しくらい頭が足りなくたってまっすぐな心がある。懸命に話せばきっと……。

第三章　底無し沼よりもっと深い闇夜

一

熊平さんは奇怪な男だった。

歳は五十半ばから六十くらい。大柄で、両肩が盛り上がっていて、手足が異様に大きい。白髪まじりの髪をうなじで無造作に結び、赤ら顔は髭《ひげ》に覆われている。いつもぼんやり遠くを眺めていて、歩くときものそのそ歩く。

——なんだか気味がわるいよ。

——見ただけでぞっとしちまうよ。

女たちは話している。

あたいは、気味がわるいとも怖いとも思わなかった。

いつだったか、熊平さんは犬小屋から逃げ出したお犬さまを捕まえた。人足やお犬役人が猫撫《ねこな》で声を出したり餌を与えて捕まえようとしてもうまくいかなかったのに、熊平さんがのそっと出ていって両手を差し伸べたら、お犬さまは尻尾を振って近づいて来た。

お犬さまに好かれるもんに悪人はいないよ。

熊平さんは元気のないお犬さまがいると朝までついていてやるし、死ねば子供みたいに涙を流す。お犬さまを埋葬したばかりの地面にうずくまって両手を合わせているのを、あたいは何度も目にしていた。

なんとしても助けてやらなくちゃ。

罪をなすりつけようとしているやつらに一矢報いるためにも、体が辛いのなんのと言ってはいられない。

歯を食いしばって歩いた。気ばかり急いて、体が言うことをきかない。どこかへ下駄をなくしてしまったので、足の裏も傷だらけだ。痛いのなんの。

それでも霜を踏んで進むうちに、気力だけはよみがえってきた。

つまるところ、これがいちばんひどいってわけじゃないんだから。祭は終わった。このお役さえやりおおせれば、あたいの出番もお終いだ。

熊平さんの小屋はまだ戸が開けっ放しになっていた。この寒いのに、どうしちまったんだろう。

明かりもともっている。ちろちろゆれてるから、手燭《てしょく》の灯かもしれない。

小屋の中が見えるところまで近づいて、棒立ちになった。

戸口のそばに手燭をかざした男がいた。

向こうからは暗いので見えにくい。こちらからは明るいのでよく見える。

「依田さま……」

依田さまは手燭をかかげた。

あたいはあとずさった。

みすぼらしい格好ならとうに見られている。今さら隠したってしかたがないけれど、今までどこにいて、なにをされてたか知られるのだけは耐えがたかった。お犬さまの骸が積まれた部屋で、一人一匁で荒くれ男どもの慰みものになったと話したら、依田さまはどんな顔をなさるか。

それにしても、どうして依田さまが熊平さんの小屋におられるんだろう。

ひと息遅れて、依田さまもあたいに気づいた。

驚いている。が、迷惑そうな顔はしていない。

あたいはあわてて辞儀をした。

「どうした」

依田さまは「来い」とうながした。

そんなこと言われたって……。首に鬱血《うっけつ》があるかもしれない。顔に涙の跡があるかもしれない。布子に血がついていたり、肌に男どもの汗や体臭がしみ込んでいるかもしれない。とても行けたもんじゃない。

ひるんでいると、依田さまは体を横にして入口を開けた。

お犬さまの声が波のうねりのように聞こえている。

いつまでも突っ立ってはいられない。覚悟を決めた。息を詰め、身をちぢめて、依田さまの脇をすりぬける。

頭が混乱して、ただもう消え入りたいような気分だった。雷光みたいに姿が見えなかったらいいのに。それか、生霊みたいに。

依田さまは目で、奥まったところに敷かれた筵に座るよう命じた。熊平さんが夜具代わりに使っている筵だ。

少しでも依田さまから離れようと、端っこに座った。

依田さまは外へ出てあたりを見渡し、引き返して来た。寒いのに戸を閉めないのは、なにか考えがあるのか。こちらへ近づいて来る。

あたいは目を泳がせた。

お願いです、それ以上、近づかないでくださいまし。

声には出さずに懇願した。せめて手燭だけでもあっちへ置いてもらえないものか。

依田さまはあたいを見下ろした。布子についた血を見て、探るような目になった。

「なにがあった」

やれやれ。

血まみれの骸を抱きしめたんだ、お犬さまの血だよ。幾分は、あたいの血も混じってるかもしれないけど。

答えられずにいると、依田さまは目をそらせた。見てはならないものを見てしまったかのように。

「顔を洗え」

目で部屋の隅の水桶を指し示した。依田さまは筵には座らず、部屋の中ほどに置かれた丸太に腰をかけた。

熊平さんが粥を食べてたとこだ。戸口寄りの床には椀がまだ転がっていて、半乾きの粥がこぼれていた。味噌と魚の臭いがかすかにただよっている。

依田さまは手燭を足元の床に置き、鞘ごと腰から抜いた刀を左側の丸太の上に置いた。左手で刀をつかんでいる。

あたいは水桶に這い寄った。

傍らに洗い桶と雑巾があった。熊平さんは見かけによらずきれい好きなのか、洗い桶は立てかけて乾かしてあったし、雑巾もきちんとたたんであった。柄杓で水を洗い桶に移し、雑巾をしぼって顔を拭いた。おんなしことをさっきも家でしたような気がする。布きれが泥と血で黒くなったっけ。

今夜のあたいは、ほんと、踏んだり蹴ったりだ。

いばるわけじゃないけど、御囲へ来るまでは、これでも贅沢な格好をしてたんだよ。禿だった頃は、幾千代姉さんのお下がりのてれてれした小袖を着せられていた。お下がりといったって鹿子《かのこ》やら友禅やら上等な絹物で、色も柄も華やかなもんばかり。若殿さまがまた派手好きだった。剣と鍬と櫂《かい》を染めて「喧嘩買」なんてしゃれたりね、廓へ上がるときはいつも粋な小袖を着流してたっけ。家督を継いでからはさすがに伊達《だて》装束はやめたけど、あたいにはずっと派手な格好をさせていた。髪を大島田に結って友禅染めの小袖をまとった女が唐犬と一緒に犬小屋にいるとこを、ちょっと想像してごらん。

友禅とは言わないまでも、もう少しまともないでたちのあたいを、依田さまには見てもらいたかった。せめて洗い立ての布子を着て、髪をきれいになでつけた姿を。

ため息がもれた。

寒いのをがまんして冷たい水で顔をこすり、髪を拭き、手足も首も胸元も拭き、こっそり振り向いたら依田さまが戸外を見ていたので、布子をまくり上げて、大あわてで下腹や太股も清めた。

やっと人心地がついた。

もとの場所に膝をそろえ、あらためて依田さまの横顔を眺めた。

足元に置いた手燭のせいかもしれない。火影に照らされた顔は濃淡があざやかで、それだけにいっそう険しく、ぴりぴりしているように見えた。

だけどほんとに、こんなところでなにをしておられるのか。

熊平さんを待ってるのはともかくとして……小屋の戸を開けっ放しにして深夜まで帰らない熊平さんも熊平さんなら、刀を手から離そうとしない依田さまもおかしい。それを言うなら、こんな時刻に御囲をうろついているあたいもへんだけど。

依田さまが黙っているので、あたいも黙っていた。

お犬さまの声だけが途切れなく聞こえている。高く低く、遠く近く。まるであたいの胸のざわめきをかき立てるかのように。

依田さまはなにを考えておられるのか。身じろぎさえなさらない。

あたいも動くに動けなかった。一旦へたり込んだら歩く気力が失せたってこともあったし、恥ずかしいとは思いつつ依田さまのおそばを離れがたかったってこともあったけど、なにより、熊平さんの帰りを待たなきゃならなかったから。

何度となく、喉元まで言葉が出かかった。そのたびに押し戻した。骸の話をするためには、祭の話をしなきゃならない。祭の話をすれば、あたいの身に降りかかった災難についても話さなきゃならない。

今はやめとこう。熊平さんが帰って来てからだ。

じっとしていると骨の髄まで凍りついた。

立てつづけにくしゃみをした。

依田さまはあたいに目を向けた。あたいは身をちぢめた。依田さまは立っていって入口の横の壁に掛けてあった蓑《みの》をはずし、あたいの膝に放ってよこした。蓑の隣には本来ならいろんな農具が立てかけてあったはずなのに、今は唐鍬が一本きりだ。

その間も依田さまは刀を離さない。

もとの場所に腰を下ろすと、あたいを眺めた。

あたいはこれ幸いと蓑にくるまる。寒さしのぎより照れ隠し、鼠が穴へ逃げ込むように。

「熊平に用があるのか」

依田さまは訊ねた。

「はい」

「熊平といつ会った？」

「菊丸を埋めに行くとき唐鍬を借りました。そこに座って粥を食べていました」

「返しに来たときは？」

あたいは首を横に振った。

「熊平とは親しいのか」

「いえ、熊平さんは口がきけませんから」

「おれもそう思っていたのだが……」

「ちがうんですか」

あたいは目を丸くした。

「犬埋場で彦《ひこ》次郎《じろう》と立ち話をしていた」

「彦次郎……」

「お犬目付、甲斐《かい》さまの小者だ」

御囲人足は、お世話係も賄い係も犬埋《いぬうめ》係も、墓守の熊平さんも、御囲支配に雇われていた。お江戸でいえば、御囲支配は商家の主や長屋の大家や、でなければ名主みたいな、言うなれば身元引受人だ。

お犬奉行は、配下のお犬同心を使って、お犬さまのお世話にとどこおりがないか、あたいたちがちゃんと仕事をしているか、御囲全体を取り締まっている。お犬目付となるとまたちょっとちがって、お犬さまに不都合がないかだけに目を光らせている。人足やお犬同心がお犬さまいじめをすれば、お目付さまが詮議をなさるんだ。

お武家さまっていうのは、どうしてこう七面倒なんだろうねえ。ここへ来た当初、あたいはさっぱりわからなくて、五郎八さんにしつこく訊ねたものだ。

五郎八さんを思ったとたん、胸に重石《おもし》をのせられたように息苦しくなった。五郎八さんまでやつらの仲間に加わっていたとは、いまだに信じがたい。これからあたいはだれを頼りにしたらいいんだろう。

ともあれ、そんなわけだから、熊平さんがお犬目付の小者と話しているのを依田さまはへんに思われたんだ。熊平さんに指図をするとしたら、頭領の藤左衛門さんか、人足頭の伊助さんか、詰所にいるお犬同心のお侍さまのはずだから。

「ほんとにしゃべってたんですか」

好奇心にかられて、あたいは訊ねた。

「うむ」

「そんな……」

話ができるなら、なぜ口がきけないふりをしているのか。頭が少し足りないっていうのも、だったら、ただの「ふり」なのか。

唐鍬を借りに来たときの、すばしっこい身のこなしと敵に挑みかかろうとするようなまなざしがよみがえる。

「それをたしかめるために、熊平さんを待っていなさるんですか」

そんなことのために、深夜、物々しい形相をして待つはずはない。わかっていたけど訊ねてみた。

依田さまはすっと目を細めた。あらぬ方を見すえる。

「いや……」

言いよどんでいる。

「依田さまはあのう、お犬さまを探しておられるんでしょう。詰所のお侍さま方が話しておられました」

あたいはなおも訊ねた。よけいなこと訊いちゃいけないとわかってたけど、黙っているのが気づまりだったから。

依田さまの視線が動いて、あたいの顔の上で止まった。

「いかにも」

依田さまは苦笑した。

「さる大名家で愛玩されていたお犬さまが行方不明になった。御囲にまぎれ込んだやもしれぬ」

御囲にはお犬さまが何万匹もいる。今だって毎日のように送られて来る。迷い犬を探し出すのは並大抵じゃない。

「御鷹御犬索は猟犬のお世話係とうかがいました」

「御猟が無うなって、御鷹さまは放鳥、お犬さまは御囲へ。御犬索はやることがない。それゆえ探索を命じられた」

御囲ができるまでは四谷のお犬様御用屋敷にいらしたという。ここでは五の御囲が本来の仕事場だとか。

三十万坪近い広さの敷地に五つの御囲がある。御囲がちがえば出会う機会もない。依田さまがお犬さま探しを命じられなければ、あたいも会えなかった。

不思議な縁《えにし》を感じた。

依田さまがいらしたという四谷には、改易になるまで真野家のお屋敷があった。昔はお犬屋敷があって、あたいも見物に出かけたことがある。もしかしたら、あのとき、すぐそばに依田さまがいらしたのかもしれない。

「あたいも四谷に住んでいました」

「旗本屋敷と言うたか」

「はい」

「お犬さまを斬り捨てて改易になったお旗本というと……」

依田さまは眉を寄せた。

「真野尚信さまか」

あたいはうなずいた。

「愛犬を斬殺され、御囲へお犬さまを探しに来たのか」

依田さまは表情を和らげた。ほんの一瞬だったけれど、親しげな微笑が唇の端をかすめた。はじめてあたいを身近な、というか、心安い仲間と見なしたかのような。

あたいみたいな下々《しもじも》の者とまともに話してくださるお侍さまがいるなんて、それだけだってめっけもんだ。

「あたいもお手伝いいたします。どのようなお犬さまでしょうか」

うれしくなって申し出る。

意外な答が返ってきた。

「狂犬だ。しかも老いぼれている」

「何歳になるのですか」

「さて、五十、六十になるやもしれぬ」

あたいは目をみはった。そんなに長命のお犬さまなんて聞いたことがない。

「雷光は十四か十五で死にました。もう老犬でした」

「おれが探しているお犬さまは不死身なのだ。三十年前に人を殺した。とうに死んだと思っていたが生き延びた。御囲に逃げ込んだという噂がある」

なにがなんだかさっぱりわからなかった。

依田さまは、大名家から逃げたお犬さまを探していると言った。詰所のお侍さまもそう言っていた。

人を殺した狂犬……しかもとてつもなく年老いた……。

いるもんか。不死身のお犬さまは雷光だけだよ。

言い返そうとした。が、その前に依田さまは「しっ」とつぶやいて、あたいを庇うように立ちはだかった。

二

重たげな足音が聞こえた。聞こえたような気がしただけかもしれない。相変わらずお犬さまが騒いでいたから。

大きな影が戸口をふさいだ。

見慣れた顔だ。

留守に人が勝手に入り込んでいるのを見ても、熊平さんのぼんやりした表情は変わらなかった。戸が開いてたから、とうに中の様子が見えていたのかもしれない。

それにしてもなんだかへんだ。筒袖の布子にも、カルサンや白髪まじりの髪にも、泥や枯れ草がついている。野っ原でうたた寝でもしてたみたいだ。そう思って見れば、寝起きのようにも見える。

まさかねえ。師走の、それも異常な寒さだよ。戸外で寝たら凍え死んじゃう。そのくらいは熊平さんだってわかるはずだ。

「熊平か」

依田さまが声をかけた。

熊平さんはうなずいた。

「どこへ行っていた」

きょとんとしているので、依田さまは丸太を指し示し、座るように命じた。

熊平さんはのそりと中へ入るや、簑にくるまったあたいを見ていぶかしげな顔をした。簑を掛けてあった壁に目をやる。農具が唐鍬を残してそっくりなくなっているのに気づくと、落ち着きなくあたりを見まわした。

「訊きたいことがある。まあ、座れ」

熊平さんは命じられたとおり近づいて来た。夢から覚めやらぬように、でなければ酔っぱらってでもいるかのように、足がふらついている。

丸太のそばまで来て転げた椀とこぼれた粥を目に止めると、一瞬、顔がこわばった。

「粥を食べていたのか」

依田さまが訊ねた。

残飯を食い入るように眺めながら、熊平さんはうなずいた。

「だれか訪ねて来たのか」

首をかしげる。思い出そうとしているらしい。

「椀を放り投げて、飛び出したようにも見えるが」

激しく首を横に振った。

「今までどこにいた」

熊平さんは戸口のほうを振り向いて、指で差し示した。

自分でも事態が呑み込めないのか、狐《きつね》につままれたような顔をしている。

わずかな変化も見逃すまいと、あたいは熊平さんの顔から目を離さなかった。口をきけないのが嘘だとしても、頭が足りないのがただの「ふり」だとしても、当惑しきった顔だけは本物にちがいない。

粥を食べていたとき、熊平さんになにかが起こった。気がついたら、どっかの野っ原で寝ていた。たぶんそんなとこだろう。

なぜわかるかって。

あたいはお犬さま並みに鼻が利くんだ。

祭に興じていたやつらは、お犬さま殺しを熊平さんにおっかぶせようとした。祭の最中に、だれかが熊平さんを訪ねて来たりしたらどうなるのさ。お犬同心や辻番所のお侍さまの中には夜っぴて手慰みをするお人がいて、熊平さんに見張りをさせる場合もあるという。それじゃあ困るから悪知恵を働かせ、熊平さんをおびき出したんだよ、きっと。

依田さまにうながされて、熊平さんは丸太に腰を下ろした。しょぼついた目で依田さまを見上げる。

「今宵のことは、まあよい。まずはおぬしの素性だ」

依田さまは表情を引きしめた。左手で刀をつかんでいる。

熊平さんは両手をだらんと垂らしていた。熊手のように大きな手のひらに、あたいの視線は吸い寄せられた。

「生まれはどこだ」

熊平さんは唇を動かした。江戸、と言ったようだけど、よくはわからない。

「歳は」

熊平さんは片手を上げ、あとから一本指を添えた。

「使い手の手だ。それも並々ならぬ手練《てだれ》の……」

依田さまは探るような目になった。

熊平さんは欠伸《あくび》をした。今の言葉が聞こえなかったかのように。ついでにぐるりと首をまわした。

依田さまは一歩あとずさり、壁に背をつけて軽く寄りかかった。いつのまにか右手が柄に触れている。

「おぬしが犬埋場で立ち話をしているのを見た。口がきけぬというのはでたらめだ。何者か、答えてもらおう」

熊平さんは依田さまを一瞥《いちべつ》した。そっぽを向き、右手で首筋を掻いた。掻き終えた手はだらしなく垂れる代わりに、膝の上で拳になる。

「おぬしは水戸家の浪人、相違なかろう」

熊平さんは相変わらず無表情だった。けれどあたいは、拳がかすかに動くのを見た。力を込め、身構えている。

依田さまは口調を変えた。

「おれは下手人を探している。三十年前、そやつは本丸にて御小人《おこびと》を斬り殺し、水戸家に匿《かくま》われた。喧嘩は両成敗が決まりだ。再三の幕命があり、水戸家では切腹を申しつけたということになっているが、ひそかに逐電《ちくでん》させたとの噂も消えぬ。ゆえあって、そやつの行方を追っている」

あたいはあっけにとられた。依田さまはお犬さま探しに見せかけて、ほんとうは下手人を追いかけていらしたんだ。しかも熊平さんがその下手人ではないかと疑っておられる。

「おぬしが奥村只之助《おくむらただのすけ》とわかれば、捕らえて江戸へ護送せねばならぬ」

聞いているのかいないのか、熊平さんは虚ろな目をしていた。依田さまの考えが正しいとしても、熊平さんはあくまでしらを切り通すつもりでいるらしい。

あたいはすっかり動転していた。そりゃあそうさ。あたいは熊平さんを助けに来たんだよ。今すぐ逃がしてやらなけりゃ、お犬さま殺しの罪をかぶせられて打ち首か磔、わるくすれば獄門になっちまうんだ。

それなのに依田さまは熊平さんを捕らえようとしている。

「どうしたら、熊平さんがそのお侍さまだとわかるんですか」

あたいは勢いこんで訊ねた。

こんなとき口をはさむべきじゃないのは百も承知だった。けど、しかたがないよ。話はこんがらかってるし、いくら冬の夜長だって、いつまでも夜のままってわけにはいかないんだし。

依田さまはあたいを見た。

よかった。怒ってはいない。

「知らせをやれば、江戸より首実検をする者が駆けつける。若い頃、奥村と身内づき合いをしていた男だ」

番所に留め置いて、首実検をさせようというのか。いや、そうじゃない。それなら番所のお侍さまに捕まえさせればいいんだから。

依田さまはお犬さまを探していると、御囲のみんなは思い込んでいる。三十年前の下手人探しは人に知られちゃまずいんだ。だから深夜になるのを待ってわざわざ詮議にやって来た。江戸から人が来るまで、このまま閉じこめておこうとでもいうんだろうか。

あたいは困り果てた。

ああ、なんて夜だろう。さんざん弄ばれてへとへとになってるってのに、まだ苦労が足りないとでもいうみたいだ。なにもかも放り出して眠っちまいたい。

あたいは放り出さなかった。

「依田さま。熊平さんを逃がしてください」

筵に両手をついた。

御小人を殺した下手人かどうかはともかく、お犬さまを殺したのは熊平さんじゃない。熊平さんはいつだってお犬さまにやさしかった。お犬さまのために一所懸命働いた。寛次や孫兵衛とは大ちがいだ。

依田さまはけげんな顔をした。

熊平さんはもっとけげんな顔をした。

「今すぐここから逃げないと、お犬さま殺しの下手人にされてしまいます」

「お犬さま殺し……」

依田さまは目をみはった。

あたいは腹に力を込めた。下腹がずきりと痛んで、思わず呻き声がもれる。

「お犬屋敷の大部屋に入れられていたお犬さまが一匹残らず殺されました」

ひと息に言った。

依田さまも熊平さんも息を呑んで、あたいの顔を見つめている。

ええい、こうなったら洗いざらいしゃべっちまえ。

「討ち入りの噂を聞いたら、人足衆はおかしくなっちまったんです。浮かれ騒いで、それで、お犬屋敷で祭をはじめて。寛次があたいを引っ立てに来ました。しかたなくついてったら、お犬さまが骸の山になっていました。あいつらはあそこにあった農具で……」

あたいは農具が立てかけてあった壁に目をやった。

二人も壁を見る。

熊平さんが腰を浮かせた。人がちがったように素早く。

「熊平に罪をおっかぶせようというのか」

依田さまが鋭い声で訊ねた。

「そやつらはまだいるのか」

「いえ。酒盛りをして、みんなであたいをさんざんに……」

ごくりと唾を呑み込んだ。悔しさと恥ずかしさで唇がふるえる。

「気を失っていました。目覚めたときはだれもいなくて、お犬さまの骸と農具だけが転がっていました」

とうとう言っちまった。これでもう、こんりんざい、依田さまがあたいを親しげな目で見ることはないだろう。人足どもに一匁でたらいまわしにされるような女なんて、お侍さまでなくたって願い下げだ。

いいさ。いっそさばさばするよ。

胸の内で強がりを言った。そのくせ鼻の奥がつんとして、涙があふれそうになる。

依田さまは衝撃をうけておられるようだった。

熊平さんは今はもう丸太に腰を落としていたけれど、その顔は蒼白で、膝に置いた両の拳がぶるぶるふるえていた。

「なにゆえ番所へ届けぬ」

ややあって、依田さまが訊ねた。

「届けたってどうにもなりません。あいつらが口裏を合わせたら、あたいの言うことなんか、だれも聞いちゃあくれません」

「それで熊平に知らせに来たのか」

「熊平さんはいつもお犬さまと一緒のもんを食べて、お世話係でもないのに餌や水を気にかけて。こんとこ弱ってゆくお犬さまがいっぱいいるから、元気のないお犬さまにはひと晩中ついててやって、それでも死んじまうと涙を流して、墓地へ行って両手を合わせています。そんな熊平さんがお犬さまを殴り殺したなんて言われたら、どんな思いがするか。それじゃあんまりです」

言わずにはいられなかった。

「昔のことは知らないけれど……」

なおもつづけようとすると、異様な声が聞こえた。熊平さんがうなだれて、うっうっと獣のように呻いている。

気勢をそがれて、あたいは口をつぐんだ。

しばらく、だれもなにも言わなかった。

「依田さま、熊平さんを……」

あたいは両手を合わせた。

依田さまは険しい表情をくずさなかった。

「逃すわけにはゆかぬ」

「見殺しにするんですか。お犬さま殺しの罪をおっかぶせて」声を荒らげた。

依田さまは真っ向からあたいの怒りを受け止めた。

「逃すわけにはゆかぬが、熊平に無実の罪を押しつけるわけにもゆかぬ」

お犬さまがけたたましく吠え立てた。

「だったら……」

お犬さまの声に負けまいと大声を張り上げると、

「逸《はや》るな」

と、落ち着いた声が返ってきた。静かな声なのにちゃんと聞こえる。

「ぐずぐずしていると夜が明けてしまいます」

「夜明けまでにはまだ時間がある。どうしたらよいか考えてみよう」

依田さまは熊平さんを見下ろした。目の色がわずかながら和らいで、刀の柄にかけていた指も今はもう離れている。

「水戸家がそうまでして奥村只之助を庇い通したのは、よほど人物を買っていたからだろう。聞くところによると、剣術の腕だけでなく、学問にも秀でておったそうな」

熊平さんに、というより、自分に言い聞かせるように言った。

熊平さんは凍りついたまま動かない。

「それほどの男がつまらぬ口論のすえに御小人を殺《あや》めた。一閃《いっせん》にして前途は閉ざされ、生涯を棒に振った。おれも御囲で無為の日々を過ごす身ゆえ、三十年の歳月を徒《いたずら》に食い散らした味気なさ不甲斐なさはわからぬでもない。私怨はない。今さら昔の話を掘り返すなとお上に言ってやりたいところだが……。将軍家は昨今の水戸家の行状にお腹立ちじゃ。おぬしを使ってなんぞ牽制《けんせい》しようというのだろう。幕命とあらばいたしかたない」

熊平さんの頭がゆっくり持ち上がった。

どぶ水のように濁っていたはずの眸が今や澄みきった光を放って、依田さまの顔をまっすぐに見つめている。

「ひとつだけ、頼みがある」

はじめて聞く熊平さんの声は、大川の流れを想わせるようにゆったりとして、しかも堂々としていた。

「訊こう」

穏やかな声で、依田さまも応じた。

「持って生まれた名に戻る前に、今しばらく猶予《ゆうよ》が欲しい」

「なにゆえだ」

「やりかけたことがある」

熊平さんは拳を開き、また閉じた。

「お犬さまにかかわることだ」

あたいは依田さまを見た。

依田さまもあたいを見た。

熊平さんは身を乗り出した。

「犬吉も胸を痛めておろうが、このところ弱って死んでゆくお犬さまが増えた。餌のせいではないかと、わしは睨んでいる」

ひと言ひと言ていねいに言ったのは、お犬さまの声にかき消されないためだろう。言いながら交互に二人の顔を見た。

「餌に毒でも入っておるというのか」

「そうではない。こいつには入っておったやもしれぬが」

床にこぼれた粥に目をやった。

「どういうことだ？」

「米を横流しておるやつらがいる」

「なんと……」

「お犬さまの餌は日に白米三合と決められておる。が、粥にすればわからぬ。ずいぶん水っぽい日がある。しかも臭い」

「臭い？」

あたいははっと目をみはった。

「犬吉は気づかなんだか。味噌と魚で、色も臭いもごまかされておるが、よう見ると米が黄色い。黴《かび》が生えておる。食べ比べれば味もちがう」

依田さまとあたいはまたもや顔を見合わせた。

「さすれば、新しい米を横流しして、黴の生えた古い米をお犬さまの餌にしておると言うのか」

「さよう。先日、甲斐さまの小者の耳には入れておいたが、これはわし一人の考えでの、確たる証《あかし》はない。どやつがどうやって横流しをしとるのか、黴の生えた米をどこに貯め込んでおるのか、そいつがわからねば申し立てはできぬ」

　お犬さまの衰弱死はひとつの小屋だけの問題ではなかった。依田さまの口ぶりでは、二の御囲以外でも問題になっているらしい。

　熊平さんの考えがもし当たっているなら、これは人足一人二人の悪巧みではなく、もっと大がかりな不正ということになる。となれば、話はどこまで広がってゆくのか。お犬目付だっておいそれとは動けない。

　それにしても、黴の生えた米を食べたくらいで死んじまうなんてことがあるんだろうか。お犬さまは食欲がなくなった、歩けなくなった、毛が抜けた、目が虚ろになった、それに、息づかいも荒くなった――。

「たかが黴くらいで」

　あたいは思わずつぶやいた。

　熊平さんは目を瞬《しばたた》いた。

「米の黴は害にならぬと、わしも子供の頃から聞かされていた。だが黴の生えた米を長年食べておったある村では、老人や子供が息苦しさを訴え、足が弱り、体がむくみ、食が細って死んでいったそうな。古米を与えた鶏が死んだ例もある」

「けど、おんなし餌を食べてもぴんぴんしてるお犬さまもいますよ」

熊平さんはうなずいた。

「問題はそこじゃ。死んだお犬さまは、他のものより弱っておったのやもしれぬ。悪米を食べる量が多かったのやもしれぬ。そのへんのことはわしにもわからぬが、長年、腐れたもんを食わされておれば、体の具合がわるうなっても不思議はあるまい」

思いもよらないことばかり次々に起こるので、荷車にでも乗せられて引きまわされているような気分だった。目のまわる速さで前、後ろ、右左、路地へ突っ込み、あわやどぶへ落っこちそうになって……。菊丸の埋葬をしたことや、依田さまと犬埋場を歩いたことが、ひどく昔の出来事のように思える。

依田さまの顔をうかがうと、依田さまも当惑しているように見えた。

「三十年いろいろあったが、御囲で暮らすようになって、わしはようやく己の居所を見つけた」

熊平さんは手のひらを閉じたり開いたりしながら先をつづけた。

「口がきけず、頭も足りぬふりをしたのは、おぬしが言ったとおり、素性がばれるのを怖れたからだ。が、何年もそうやっているうちに、お犬さまの気持ちがわかるようになった。囚われたものの気持ちだ」

聞き慣れたお犬さまの声が耳元を流れてゆく。

あたいは幾千代姉さんを想った。廓の女たちを想った。それから雷光と、真野家で飼われていた数匹の唐犬と、華やかに着飾ったあたいを想った。

骸の山が目に浮かぶ。

熊平さんはなおもつづけた。

「御囲を、わしは終《つい》の住《す》み処《か》にするつもりじゃった。お犬さまのお世話をして朽ち果てたなら、犬埋場へ埋めてもらえばよい。卒塔婆もいらぬ。香華もいらぬ。ところが、あれはいつだったか。粥を食っておるとき妙だと気づいた。よけいなことを言い立てれば素性がばれる。見て見ぬふりをしようと、はじめはそう思った。そのうちにがまんがならなくなった。これ以上、お犬さまをゆえなく死なせるわけにはゆかぬ」

熊平さんは肩の力を抜き、笑みを浮かべた。笑みというには、ひどく淡く、哀しげに見えたけれど。

「わしはもう歳だ。逃げまわるのも疲れた。おぬしがわしを捕らえるならそれもよかろう。だが、この件だけは、始末をつけねばならぬ」

最後のひとことには静かな決意がこもっていた。

依田さまは無為な生涯と言ったけど、熊平さんは今、お犬さまのために命を懸けようとしている。卒塔婆なんかよりもっと大事なものを、御田に刻もうとしてるんだ。

依田さまは深々と息をついた。

「おぬしの話を信じよう」

「依田さま……」

あたいはここぞとばかり頼み込もうとした。

依田さまは先手を打った。

「犬吉。聞いたとおりだ。おれが逃がすと言っても、熊平は逃げまい。ここでなすべきことがあるのだ」

「けど、このままではお犬さま殺しの下手人にされてしまいます」

「要は熊平に疑いがかからねばよいのだろう」

刀を腰に落とし込んだ。

「大部屋のお犬さま一匹残らず、か。何匹だ?」

「十四匹です」

「犬埋場に埋める」

熊平さんとあたいは顔を見合わせた。

「埋めるって、お犬さまの骸を……」

「骸を埋め、熊平の農具をもとへ戻しておく。床を清め、入口の戸を開けておけば、だれかがうっかり戸を閉め忘れて、お犬さまが逃げ出したと思うはずだ。人足頭は不注意を咎められようが、熊平に疑いはかからぬ」

なるほど名案だった。差し出口をはさめば、我が身に火の粉が降りかかる。人足たちも口をつぐんでいるはずだ。寛次や孫兵衛に仕返しができないのは悔しいけれど、熊平さんを助け、横流しの一件をうやむやにさせないためなら否は言えない。

「まずは農具を取ってくる。それから穴掘りだ。骸を運ぶものだが、なんぞ使えるものはないか」

「ぼろになった布団を運び出すときの荷車があります」

「よし」

答えたところで、依田さまは熊平さんに目を向けた。

「万一ということもある。どこでだれが見ておるやもしれぬ。一歩小屋を出たら、おぬしは口をきくな。これまでどおり芝居をつづけよ」

お犬目付の小者と立ち話なんかしてたから、依田さまに素性を知られてしまったんだ。熊平さんも肝に銘じているはずだ。

熊平さんはうなずいた。

こうなったら善は急げだ。あたいも腰を上げかけた。

依田さまは押し止めた。

「ここにおれ」

「けど……」

「足手まといだ」

言い捨てて戸口へ向かう。

手燭を手にした熊平さんがあとにつづいた。通りすがりに唐鍬を取り上げたのは、護身用にするためか。

一旦外へ出たところで、依田さまは熊平さんを待たせて引き返して来た。

「犬吉。水をくれ」

あたいは手探りで水桶に駆け寄り、柄杓で水をすくって差し出した。

依田さまは喉を鳴らして飲み干した。

暗闇にまだ目が馴れないので、空になった柄杓を受け取るとき指がふれ合った。あたいはあわてて手を引っ込めた。激しく胸が波立つ。

依田さまは柄杓を水桶の上に置いた。

「お犬屋敷へ行くのは辛かろう」

闇を透かしてあたいを見つめた。

「二度とむごい目にはあわせぬ」

怒ってでもいるように言う。

なにを言われたか考える余裕もなく、むろん返す言葉も思い浮かばず、ぼんやり突っ立っているあたいを残して、依田さまは足早に去っていった。

手燭の灯が蛍のように舞いながら消えてゆく。

闇の中で、あたいは立ちつくしていた。

依田さまは今、なんと言われたんだろう。

聞きちがいでなければ、むごい目にはあわせぬ、と言ったような……。あたいの耳がおかしくなったんじゃなければ。

拳でこめかみを叩いた。まだ重たい。叩いたらずきんとしたけれど、そんなことかまってられなかった。

聞きちがいに決まってる。

ねえ雷光、そうだよね。

返事はなかった。

もしかしたら、依田さまはあたいの身を気遣ってくださったのかも。

嘘！　ありっこないよ。あたいのこと心配してくれたのは幾千代姉さんと雷光だけだ。考えてもごらん。お侍さんがあたいのことなんか……。

けど、もしも、そうだとしたら……。

ばかだね、ただの気まぐれさ。

依田さまも討ち入りの噂を聞いて目の色が変わった人足衆とおんなしだ。なにかに取り憑かれて、心にもないことを口走った。きっとそう。

依田さまの手と触れ合った指を、左の手のひらで包み込んだ。

ぬくもりが伝わってきた。鳩尾のあたりが焼き鏝《ごて》を当てられたように熱くなって、うなじも頬も胸も燃え立つ。つい今しがた、あんなにたくさんの男どもと体をつなげ合ったのに、指一本の、それもほんのかすめただけのほうがどきどきするなんて不思議だね。もしもあの指があたいの体をまさぐったら、これまでとはまるでちがう感じがするかもしれない。

首を括らなくてよかったと、あたいはしみじみ思った。ぼろ雑巾のような体でもこんな気分が味わえるなら、まだ死んじまうのはもったいない。

洗い桶に水を移して、念入りに顔を洗った。簑を脱ぎ捨て、歯を鳴らしながら、もう一度体中を拭き清めた。指で髪を梳いて結わえなおす。

筵に横たわって、簑にくるまった。

雷光。ら・い・こ・う……。

話しかけようとしたけど、疲れすぎて言葉にならない。

ほんとは、こんなふうに訊ねたかったんだよ。

とてつもなく嫌なことと、とびきりうれしいことがいちどきに身に降りかかったら、「おまえならどうする」って。

三

夢の中で、雷光が狂ったように吠え立てていた。

臆病な犬ほどよく吠える。

雷光はめったに吠えなかった。

いつだったか、あれはまだ麹町のお屋敷にいた頃だ、夜中にずっと鳴きつづけていたことがあった。世にも哀しげな声で吠え立てては、長く尾を引いて遠吠えするってなふうだったから、どうしちまったのかとびっくりした。あんな鳴き方をしたのは、後にも先にもあのときだけだ。

翌朝はいつもの雷光に戻ったんで、しばらくそのことは忘れていた。

数日後、若殿さまのかつてのお仲間が訪ねて来た。お屋敷がすぐ近所にあって、ひと頃は伊達装束の旗本奴でならしてたのに、いつのまにか真面目くさったお武家さまになっちまったお人だ。

そのお武家さまの話で、雷光がひと晩中吠えていたわけがわかった。

お武家さまのお屋敷で飼われてた唐犬が、あの夜、死んだ。雷光の母犬だった。雷光はおっ母さんの魂に別れを告げてたんだ。

あのときと吠え方がおんなしだってことは――。

あたいははっと体を起こした。

どのくらい眠っていたんだろう。ほんのちょっとのような気もするし、ずいぶん長い間のような気もする。

暗闇に眸を凝らして、入口の壁を眺めた。

相変わらず空っぽだ。

依田さまは、まず農具をかき集めて持ち帰ると言った。それから墓穴を掘りに行くと言っていた。

農具がなにもないんだから、まだお犬屋敷にいるってことだ。

胸騒ぎがした。

簑を跳ね飛ばして立ち上がった。

様子を見に行かなくちゃ。

異変があったときのために武器を持っていこうと、小屋の中を見まわした。見つからないのでやむなく柄杓をひっつかむ。これじゃあ与吉の虫食い歯をへし折るくらいが関の山だけど、ないよりましだ。

あわてふためいて表へ飛び出した。

雷光。なぜ、あんなふうに吠えたんだい。なにがあったのか教えとくれ。

依田さまの身に災いが降りかかったんじゃないかと思うと生きた心地もしなかった。

さっきはあんなによろよろ歩いていたのに、今は砂を蹴りたて、つんのめるような勢いだ。夜目が利くとはいえ、淡い月影だけが頼りじゃ足元はおぼつかない。何度も転びそうになって舌打ちをする。

お犬さまの声が、お江戸の大火の、あのざわめきのように聞こえるのはなぜだろう。

お犬屋敷が近づくにつれて胸騒ぎが高まった。

おかしい。絶対におかしい。

口中がからからに乾いて、こめかみが大きく脈打っている。

心の臓が止まりそうになったのは、お犬屋敷の黒い影が見えて来たときだ。

お犬屋敷の中からお犬さまの声が聞こえた。

お犬さまは残らず殺されたんじゃなかったっけ。

お吉坊、落ち着きなってば。

小部屋に猛犬が残っている。凶暴で手がつけられないから、一匹ずつ別々の小部屋に入れているんだ。何匹いたっけ。七匹、それとも八匹……。

格子には錠が下りているはずだ。

戸口へ駆け寄り、あたいは眉をひそめた。

戸につっかい棒がかってあった。

つっかい棒は毎晩かう。民家とちがってお犬さまを閉じこめるためのお屋敷だから、つっかい棒も外からかってある。だけど、依田さまと熊平さんがまだ中にいるとしたら、いったいだれがかったんだろう。

「あっ」と声を上げた。

だれかが猛犬を放った。そのあと、出口を封じたのかもしれない。

どうしてそんなことをしたのか、考えるまでもなかった。依田さまと熊平さんを閉じこめて猛犬に襲わせるためだ。二人が嚙み殺されれば好都合。お犬さまに襲われ、次々に殴り殺したものの力尽きてやられたってことで、辻褄は合うからね。

この話、どこかで聞いたような気がする。

そうだ。昔、ここでおんなしことがあったんだ。

毛虫が背中を這っているみたいで、あたいは身をよじった。

だれかとは、祭に加わっていた悪党どもだ。一人か数人かは知らないけど、あたいや熊平さんの様子を探るために引き返して来たんじゃないか。酔いが冷めて不安になったのかもしれない。二人の姿を見たときはさぞや仰天したはずだ。

争ったところで勝ち目はない。相手は両刀を帯びたお侍さまだ。だから、お犬さまを代役に仕立てた。そうに決まってる。


卑怯者《ひきょうもの》！　出て来やがれ。

あたりを見まわした。三角屋根の畝《うね》が延々とつづいているだけで人影は見えない。

中から凄まじい唸り声が聞こえた。

その声に誘われたように、四方八方からお犬さまの声が追いかけてくる。

ぐずぐずしている場合じゃない。あわただしくつっかい棒をはずす。

引き戸を細く開けて中を覗いた。

入った右手が大部屋で、左手に細い通路があって裏手の小部屋へつづいている。

大部屋の格子は開いたままになっていた。骸の山の傍らに農具が筵でくるまれている。運びやすいように荒縄がかけてあった。

手燭はそのそばに置かれている。灯は部屋の奥までは届かない。薄ぼんやりした暗がりの中に、数匹の猛犬が牙をむいて、依田さまを囲んでいるのが見えた。四尺余りの大っきなお犬さまだ。

「依田さまっ」

あたいは叫んだ。

依田さまはこっちを見た。

「来るなっ」

叫び返したとき、お犬さまが跳びかかった。

鞘をしたままの刀でなぎ払う。払ったはいいが、別の一匹が刀の先端に食らいついた。振り払おうとしても、がっちり銜《くわ》えているので払えない。左手でお犬さまと刀を引き合ったまま、依田さまは立ち往生している。

左右で二匹のお犬さまが身構えた。

「危ないっ」

あたいは中へ駆け込み、後ろ手に戸を閉めた。柄杓を振り上げる。夢中になっていたので、通路の向こうから新たな猛犬が駆けて来るのに気づかなかった。

依田さまは鞘の片側をお犬さまに預け、右手で刀身を引き抜いた。立てつづけに二匹を峰打ちにした。一匹はもんどりを打ってたおれ、もう一匹は体勢をたてなおして鋭く吠えかかる。

それ以上は見ている余裕がなかった。

小部屋のお犬さまはあたいやおよねさんよりずっと人嫌いで、浅野の浪士より執念深い。

依田さまのおそばへたどりつく前に、白い塊が襲いかかった。

あたいは悲鳴を上げた。嚙み殺される——。凍りついた瞬間、猛犬は苦悶《くもん》の呻きを上げて転がった。

猛犬の傍らに鞘をしたままの脇差が落ちている。

「熊平さん……」

通路の先の暗がりに熊平さんが立っていた。ぐったりしたお犬さまを肩に担ぎ、もう片一方の手はまだ上げたままだ。脇差を命中させたのは熊平さんらしい。なにも言わず、ぼんやりこちらを眺めているのは、なにがあっても芝居をつづけろという依田さまの言葉を忠実に守っているせいだろう。

「怪我はないか」

依田さまの声がした。

お犬さまを押しのけて近づいて来る。二匹が倒れているところを見ると、あたいが目を離していた間に、二匹目も成敗したことになる。お犬さまはあと二匹いて、まだ吠え立ててはいるけれど、明らかに戦う気力をなくしているようだった。

「あきれた女子《おなご》だ」

依田さまはあたいのそばへ来て、柄杓に目をやった。

あたいは柄杓を背中へ隠した。

依田さまが苦笑しているのに気づいて、恥ずかしいやらどぎまぎするやら。

「なんだか心配になって」

思わず目を伏せた。

依田さまが猛犬に襲われると思ったら、全身の血が引いて、地にのめり込みそうだった。無事だとわかったときは、安堵《あんど》のあまり、へなへなとくずおれそうだった。

しゃんとおしよ、お吉坊。

これじゃ、あたいがあたいじゃないみたいだ。

依田さまは表情を引きしめた。

「全部で何匹だ」

「ええと……十あってふたっつ空いてるから、八匹です」

「油断するな。どこから跳びかかって来るかわからぬぞ」

「熊平さんのお陰で命拾いをしました」

あたいは脇差を拾い上げ、依田さまに手渡した。

お犬さまは長々とのびている。

「骸の傷を調べ、農具を集めて縄をかけた。いざ運び出そうとしたら戸が開かぬ。出口を探そうと熊平が奥へ行きかけたとき、お犬さまがいっせいに襲いかかった。熊平に脇差を投げ渡し、助太刀をしようとすると、数匹が狂ったように跳びかかって来た」

依田さまは大部屋の奥に目をやった。そこではお犬さま同士が凄まじい取っ組み合いをしていた。まさに狂犬そのものだ。

日頃からどう手なずけようとしてもなつかないお犬さまだった。餌を配るときも、目をぎらつかせ、牙をむいて吠えかかる。狭い部屋に閉じこめられていたから、なおのこと猛々《たけだけ》しくなってしまったのか。

「小部屋には錠が下りていたはずです」

どちらか食い殺されるのではないかとはらはらしながら、あたいはさっきから気になっていたことを口にした。

「裏口があるのか」

「ありません」

だれかが小部屋の格子を開けてまわったとしたら、そやつはどこから入ったのか。はじめから中にいたのなら、まだいるってことも。

「もしかしたら……」

「話はあとだ。まずはお犬さまにお戻りいただこう」

依田さまが足元に目を向けたとき、熊平さんが近づいて来た。

「どうだ、そっちは」

熊平さんは無表情にうなずいた。

大っきな手を閉じたり開いたりしている。これなら猛犬の一匹二匹、素手でひねり殺してしまえそうだ。とっさの出来事にもあわてず、依田さまの投げた脇差を受け止めた落ち着きといい、あたいに襲いかかったお犬さまを一発で仕留めた手腕といい、そんじょそこらのお侍さまではかないっこない。

三十年と言ったけど、どこでどんな暮らしをしてたんだろう。

「こいつを運べ」

依田さまに命じられて、熊平さんは気を失っているお犬さまを抱き上げた。胸に耳をつけ、ほっとしたように頬をゆるめる。ごつい指で愛《いと》しげに毛並みをととのえてやりながら、通路を遠ざかっていった。

「たいしたやつだ」

依田さまはつぶやいた。

「さてと。向こうの二匹にもしばらく眠ってもらわねばならぬ」

それしか小屋へ戻す手だてがないというなら反論もできない。

念のためにお犬さまの名を呼んでみたけれど、見向きもされなかった。

「猛犬にも名をつけたのか」

「名前がなくちゃ、僻《ひが》むかもしれません」

二匹のお犬さまは床を転げ、離れたと思うや身を低くして唸り、相手の隙をついて跳びかかる。闘犬のように、どちらかが息を止めるまでやめないつもりか。

――いやじゃ。見とうない。

闘犬に連れてゆかれた日、あたいははじめて若殿さまに抗った。

――お犬さま、かわいそう……。

すると、若殿さまは言った。

――こいつらは闘うために生まれてきたのだ。

ふっと顔をゆがめる。

――闘いとうても闘えぬ。そのほうがよほど辛いわ。

そんなことあるもんか。闘って死ぬために生まれてきたなんて。

討ち入りという言葉が頭をよぎった。昨日まで――おといまでかしら――だれも知らなかったのに、突然だれもかれもが口にするようになった言葉、五郎八さんが舌なめずりして言った言葉だ。

なぜ、こんなときに思い出したんだろう。

依田さまはお犬さまに忍び寄り、狙いを定めて峰打ちを食らわした。首の後ろを叩いただけなのに、お犬さまはあっけなく引っくり返った。つづいてもう一匹も。これこそ喧嘩両成敗だ。

御鷹御犬索ってのは猟犬のお世話係だというから、依田さまは猛犬の扱いに馴れておられるんだね。お犬さまを放ったやつらがこれを見たら、とんだ見当ちがいをしたって地団駄《じだんだ》を踏むにちがいない。

熊平さんが戻って来た。

「運んでしまおう」

依田さまと熊平さんが一匹ずつ抱え上げる。

あたいは手燭を掲げて先導した。熊平さんやあたいはちょっと目が馴れれば暗闇なんかどうってことないけど、依田さまにとっては馴染みのない場所だから。

通路は突き当たりで右に曲がっていて、そこから先は小部屋が五つずつ、向かい合わせに並んでいる。筵を二枚も敷いたらもういくらも残りがないってくらいの小っちゃな部屋で、左右も前面も頑丈な格子、前面の一部が引き戸になっていて、戸の下方には水や餌を差し入れる高さ三寸ほどの空きがある。お犬さまの鼻先がようやく出るくらいだ。本来なら引き戸には鉄鎖の錠がついているので、体当たりしたって開かない。

手燭をかざして小部屋を眺め、あたいはあらためて、牢獄みたいだな、と思った。筵じゃなくて綿の入った布団こそ敷かれているけれど、明かり取りの窓もないし、風も通らない。じめついて、生ぐさい獣臭と糞尿のつんとする臭いがたちこめている。

とっつきの外側の小部屋だけは、一度もお犬さまが入っているのを見たことがなかった。真新しい布団が敷かれ、すぐに利用できるようになってるのに。近頃はお犬さまの数が減っているから昔のように満杯じゃないけれど、あたいが来たばかりの、どこもかしこもあふれかえっていた頃でさえここだけは空っぽだった。

今までなんとも思わなかったのに、なぜか気にかかる。

もうひとつの空き部屋は内側の列の奥から二番目だ。ここに住んでたお犬さまは数日前に死んじゃった。牽牛《けんぎゅう》っていう名の——七夕の日に運ばれて来たから、あたいが牽牛って命名したんだ——とびきりの暴れん坊だ。格子だの床だのを狂ったように引っ掻いていたと思ったら、ある朝、泡を吹いて死んでいた。

牽牛は衰弱して死んだんじゃないよ。ひとりぼっちで牢獄にいるより、早いとこ織女《しょくじょ》が待ってるあの世に行きたかったんだ。

残りの部屋のうち、四つはもうお犬さまが寝かせてあって、元のように錠もかかっていた。能平さんのお手柄だ。

依田さまと熊平さんは、運んで来た二匹をそれぞれ空いている小部屋へ入れた。布団に寝かせて引き戸を閉め、錠をかける。

あたいは通路に立って、依田さまのほうに手燭をかかげていた。

作業が終わると、もう一度、そろって大部屋へ引き返した。

入口の戸が半分ほど開いている。冷気が流れ込んでいた。お犬さまが逃げ出さないように、ちゃんと閉めたつもりだったのに。

もう一度閉めようかと思ったけど、まあいいや、と思い直した。どうせすぐ出てゆくんだから。残る二匹を運んでしまうだけならいくらもかからない。

依田さまと熊平さんは最後の二匹をそれぞれ抱き上げた。三人はぞろぞろと奥の小部屋へ向かう。だれも口はきかなかった。人影が見えないとはいえ、用心にしたことはないからね。

熊平さんは外側のいちばん奥の部屋へ入った。依田さまは手前から二番目の部屋へ入った。あたいは依田さまのいる部屋の引き戸のところで、身をかがめて、手燭を中へ突き出していた。表のお犬さまの声がさっきとちがうのはなぜだろうと、ぼんやり考えながら。

そのとき、思いもかけないことが起こった。

お犬さまを布団に寝かせる間のほんの一瞬。

風の匂いがした。と思ったときは、振り向く暇さえなく、後ろから突き飛ばされていた。手燭がすっ飛び、じゅっと煙を上げて消える。

あたいは勢いよく依田さまの背中にぶつかった。依田さまが身をひるがえしてあたいを抱き留めなければ、二人重なって倒れて、お犬さまがぺしゃんこになるところだった。

なにが起こったのか、はじめはわからなかった。

引き戸の閉まる音につづいて、錠の下りる音がした。

急に暗くなったのでなにも見えない。暗闇の中で、依田さまとあたいは息を詰めて抱き合っていた。

こんなときだというのに、あたいは依田さまの匂いに包まれてぼおっとしていた。乳首がかすかにうずいている。

もちろん、ときがときだった。浮ついた気分にはなれない。

なんてことだろう。あんなに用心してたのに。

用心っていうのは、瞬きする間も注意を怠らないことだ。依田さまにばかり気を取られて、見張りをおろそかにしたあたいがわるい。

目が馴れ、人影がだれだかわかる前に、話し声が聞こえた。

伊助さんの声だ。それから孫兵衛も。もう一人、粂蔵もいる。

三人は熊平さんを押し込めた小部屋の前で言い争っているようだった。熊平さんをどう扱ったらよいか、意見が分かれているらしい。

「こいつに掘らせりゃいいんだ。ぐずぐずしてりゃあ、夜が明けちまわあ」

孫兵衛が言った。

「そいつぁあぶねえ。やつに手なずけられてるかもしれねえぞ」

粂蔵が反論した。

「どうせなんにもわかっちゃいねえよ」

「いや、用心にこしたことはねえ」

そのとおり。せいぜい用心おし。あたいみたいになりたくなけりゃ。

胸の中で毒づいたとき、依田さまがぎゅっとあたいの腕をつかんだ。あたいはめまいがしそうになった。

ばかだね。依田さまはまだ助かる見込みがあると、勇気づけてくださっているんだ。やつらが熊平さんの芝居を信じて解き放ってくれさえすれば、万事うまくゆく。伊助も孫兵衛も空恐ろしいやつだけど、熊平さんの相手じゃない。なにしろ素手で猛犬を眠らせちまうんだから。

「熊平さんが……」

言いかけると、「しっ」と声が返ってきた。

あたいは首をすくめた。

話し声に耳を澄ませる。

こんなときくらい、お犬さまもおとなしく眠っててくれればいいのに。何百何千の宵っぱりのお犬さまが吠え立てている。ちょうど近場で吠え出したんで、三人の声は前にも増して聞き取りにくくなった。

「朝一番……引っ立てりゃいい」

「……ここに……とくのか」

「……の手間が……けらあ。どうせ……」

「だまれ。言うとおりにしやあがれ」

最後にお犬さまの声を消し飛ばすように、伊助が怒鳴った。

そろってこっちへ移動して来たところを見ると、熊平さんも押し込めておくことにしたようだ。

全身から力が抜けた。

これで助かる見込みはなくなった。やつらが依田さまを生かしておくとは思えない。あたい一人なら売女の戯言《たわごと》で済むけれど、お侍さまに悪事を知られたとなったら、万事休すだもん。

雷光は夢で知らせてくれたんだ。依田さまのお命が消えかけてるってことを。

よかった、知らせてくれて。お陰であたいも一緒に死ねる。

伊助は格子から十分に離れたところに立って、あたいを眺めた。

「犬吉。わるく思うな」

ほれ、新しいお犬さまだぜ。こいつにも餌を頼まあ。どうだ、お犬さまの具合は……。

御囲で話しかける口ぶりと変わらない。それがかえって不気味だった。

伊助は底知れない男だ。小鼠みたいな風貌のくせに、人足どもに睨みが利く。どこに隠れていたのか知らないけど、怖れげもなく猛犬の部屋の戸を開けて歩いたのは、まちがいなく伊助だろう。

「こいつはおめえにまだ未練たらたらだがよ……」後ろでそっぽを向いてる孫兵衛のほうへ顎をしゃくった。「こうなったら、そこのお侍と心中してもらうよりしかたがねえ。おれも働きもんのおめえには重宝してたんだがな」

伊助は下唇を突き出した。

「だから犬吉は……」

孫兵衛が口をはさもうとすると、伊助の形相が一変した。

「うるせえ。別れがたけりゃ、てめえも埋めてやろうか」

一喝されて、孫兵衛は押し黙る。

伊助は依田さまに目を向けた。

「すまねえな。てぇわけでよ、旦那にはあの世へ行ってもらうことになった。道連れが淫売じゃあ気の毒だが、ま、こっちの用意ができるまで、そいつになぐさめてもらってちゃどうだい。今夜んとこはだいぶ使い古しになっちまったが」

あたいはカッとなった。

「なにを言いやがるんだ。こんなことして、ただで済むと思ってんのかい」

格子に飛びつこうとしたら、依田さまが押し止めた。

それでもあたいはなりふりかまわずわめきちらした。

「おまえら、打ち首・獄門くらいじゃ済まないよ。磔んなって火焙《ひあぶ》りんなって釜ゆでんなって……それから……それから……。とにかく依田さまに指一本でも触れてごらん、あたいがおまえらを八つ裂きにしてやる」

「そいつぁむりだな。そのへんは抜かりがねえんだ」

伊助は顔色ひとつ変えなかった。

「頭領はあっしらに借りがある。弱みをにぎられてるから、とっつかまっちゃあまずいんだ。夜が明けたら、おめえらは姿を消す。熊平は江戸送り。浅野の浪士の噂で御囲は持ちきりだから、お犬さま殺しのことなんざ、みんな、あっという間に忘れちまわあ」

さ、行くぜ、と声をかけたところで、伊助は「おっと」と足を止めた。

「うっかり忘れるところだった。旦那。腰のもんをこっちへ渡しな。おい、粂」

伊助に命じられて、粂蔵はこわごわ前へ進み出た。あたいの顔を見ないようにしているのは、後ろめたいからだろう。銭を出して買ったことこそないけれど、祭のときは、あたいの上にのっかったやつらの仲間に加わっていたんだ。

粂蔵。粥を分けるとき、ほんの一言二言だけど、話をしたっけね。子犬養育場でぐずぐずしてると、粥がなくなるぞって声をかけてくれたじゃないか。そんなことも、我が身かわいさに忘れちまおうってんなら、いいさ、もうなんにも言わないよ。

依田さまは刀の柄に手をかけたまま、じっと粂蔵を見つめている。

粂蔵は気圧《けお》されたようにあとずさった。それを見て伊助はまたもや鬼の形相になった。

「早いとこよこしやがれ。このまんま火ぃつけて、てめえら焼き殺すことだってできるんだ。熊平の野郎もお犬さまも、御囲もなにもかも」

依田さまがうんともすんとも言わないので、伊助は孫兵衛に焼き殺せと命じた。

「おやめ。気でも狂れたのかい」

あたいは格子に取りついた。

と、そのとき、目の先をひゅっと光がよぎった。

格子を握りしめたあたいの手の、まさにすれすれのところに矢尻のようなものが突き刺さった。

「わざとはずしてやったが、大吉、今度はそうはいかねえ」

片手をふところに突っ込んだまま、伊助はあたいをねめつけた。

「やれるならやってごらん」

言い返したときだ。依田さまが進み出た。黙って刀を格子の隙間から押し出す。

「はじめから寄越しゃあいいんだ」

伊助は顎で粂蔵に拾わせ、

「そっちもだ」

と、脇差を指し示した。

「依田さま……」

止めようとしたあたいの手を押し退《の》け、依田さまは脇差も格子の外へ押しやる。

「手ぇ焼かせる野郎だぜ」

伊助はぺっと唾を吐いた。

三人はそろって出てゆくかに見えた。

孫兵衛だけが戻って来た。

「猛犬殺して立ち腹かっさばいたなぁ、おいらの親父だ」

孫兵衛は格子に鼻をくっつけた。いかつい顔がゆがんでいる。粗暴なだけだと思った眸に、あたいは雷光を斬り殺したとき若殿さまの眸にあったとおんなしもんを見た。うまく言えないけど、自分で自分を見放しちまったような……。

「おれたちゃ、さんざんな目にあわされた」

孫兵衛は嘆息まじりに言った。

「御囲のお陰で、森家じゃあ三代の殿さまが心労のあまり立てつづけに亡くなられた。あげく普請奉行を務めた関さまは発狂、お家はお取り潰し、家臣郎党、寒空に放り出された。おいらの吉良上野介は、へ、糞ったれの犬どもよ」

早く来やがれと伊助ががなり立てた。

「仇討ちだ、犬吉、こいつぁ仇討ちなんだ」

言い捨てて、孫兵衛は去ってゆく。

急に忘れていた寒さが戻って来た。

お江戸は知らないけど、朝は雪だって残っていた。奥歯が鳴る。

孫兵衛のやつ、どうしてあんなこと言ったんだろう。あたいに、なにをわかってくれっていうのさ。

あたいはわからない。わかってなんかやるもんか。寒空に放り出されたのは、おまえや浅野の浪士だけじゃないんだよ。あたいだって、依田さまだって、熊平さんだって、ここにいるお犬さまだって……。

小部屋のひとつでお犬さまが鼻を鳴らした。

どこからか遠吠えが聞こえる。

ざわついた気配は三人の悪党どもが動きまわる物音か。

依田さま、あたい、それに同室のお仲間になったお犬さまは、闇の牢獄に身を寄せ合って、遠ざかる足音に聞き耳を立てた。

四

ひとりなら、とうにあきらめていたはずだ。

命より大切だと思うお人がいて、そのお人の身に危難が迫っていたら——つまり今がそうだけど——のんびり死を待ってはいられない。

あたいはひとしきり、錠をがちゃがちゃやったり、格子をゆさぶったり、外側の壁を拳で叩いたりしてあがきつづけた。

依田さまは止めなかった。黙ってあたいがすることを眺めていた。気が済むまでやらせておくしかないと思ったんだろう。

お犬さまも見ていた。

お犬さまのほうはなんの考えもなさそうだった。意識は戻ったものの、まだ朦朧《もうろう》としていて、吠えかかる気力も手足を動かす元気も湧いては来ないんだ。

力尽きて、格子を両手でつかんだまま ずるずるとへたり込むと、

「こっちへ来い」

と、依田さまははじめて口を開いた。

あたいは鼻をすすりながら依田さまのおそばへ這い寄った。といったってこの狭さじゃ、二つ三つ膝を動かしたら、もう互いの息づかいが聞こえる。

いざ向き合ってみると、自分の取り乱しようが恥ずかしくなった。依田さまがあまりにも落ち着き払っていたせいだ。

どうしてそんなに平然としていられるんだい。あたいたちは囚われの身なんだよ。

いつ息の根を止められるかわからないんだよ。

しゃっくりが出そうになったんで、あわてて爪を噛む。

すると依田さまはいきなり膝に置いたほうの手を取り上げた。

驚きのあまり引っ込めることさえできない。

依田さまはひっくり返して手のひらを眺めた。

「むきになって叩くからだ」

それだけ言って、膝の上へ戻した。

あたいはばかみたいに自分の手を見つめた。急にその手が、触れるのも動かすのももったいない宝物になったように思えて。

そういえば幾千代姉さんも、よくこんなふうに膝に置いた笄《こうがい》を眺めていたっけ。姉さんの持ち物の中ではいちばん粗末なものだけど、命より大事な思い出の品らしい。触ろうとしてやめ、そっと頸の傷をなぞった白い指が目に浮かぶ。

依田さまは腕組みをした。

「おまえのような犬を飼っていた」

ぼそりと言った。

あたいは顔を上げた。

依田さまの目は笑っていた。

「嫌いなやつには決してなつかぬ。骨をやっても見向きもしない。高慢で喧嘩っ早い。忙《せわ》しなく動きまわり、二六時中吠え立てている」

「あたいは……」

「だが、一旦心を許した者には鼻をすりよせ、手といい顔といいなめまわす。無防備に仰向けになって、腹をなでてもらいたがる。さみしがりの、心やさしい犬だ。気性がとびぬけて烈《はげ》しいだけで」

気性が烈しい？　あたいが？

心外だった。

だってそうだろ。あたいはいつだって人の言うなりに生きてきたんだよ。でなけりゃ、銭の動くまんまに。

「この傷は……」あたいはそろりと手を動かした。「叩いたからじゃありません」

つい尖った声が出た。あんまりにもたくさんの思いが胸にあふれて、もう手に負えなくなっちまったんだ。醜態を演じた自分も、他人事のように眺めている依田さまも、次から次へ襲いかかってくる災難も、なにもかもが腹立たしい。

「毎日、冷たい水でお犬さまの布団を洗ったり、重い餌桶を運んだりしてるんです。

手だってあかぎれになりますよ」

体だって、心だって。ごらんよ。あたいは傷だらけなんだ。

　ぷいとそっぽを向いた。

「それでもお犬さまの世話がしたいのだろう」

依田さまの声には、今しも笑いに転じそうな響きがあった。

あたいが苛立つのを見るのがおかしいのか。

「二の御囲のお犬さまは運がいい」

なおもつづけた。からかうような口ぶりがしゃくにさわる。

まったく、こんなときに運がいいなんてよくも言っていられるよ。

「御囲へ来て何年になる？」

依田さまは世間話でもするように訊ねた。

「四年です」

　ぶっきらぼうに答えた。

「なれば知らぬやもしれぬが、御囲ができた当初は、昼夜、街道をお犬さまの行列がびっしり埋め尽くしたものだ」

「あたいも見ました。次々にお犬駕籠が目の前を通ってゆきました」

依田さまは白い歯を覗かせた。

ねえ、依田さまってば。そんな呑気な顔をしてる場合じゃ……。

喉元まで出かかった言葉が、なぜかそこで止まってしまう。

雷光が下駄にじゃれつく姿が目に浮かんだ。ぴょんと飛びつき、下駄を銜えて振りまわす。一旦落とし、お尻を高く上げて身構えるや、下駄に向かって吠えかかる。子犬の雷光はいたずら好きで、どんなものにも目をきらきらさせて向かっていった。

依田さまの目も、暗がりの中できらきら光っている。

「いつだったか、出会い頭に馬を引いた百姓とぶつかった。江戸へ野菜を売りに行き、帰りに肥《こえ》を担いで帰る百姓だ。馬はいななく。肥樽はひっくり返る。おまけにお犬駕籠がこわれてお犬さまが飛び出す。路上にばらまかれた肥の中を、お犬さまを追いかけて右往左往したものだ」

お犬さまの話をしているときの依田さまは、それまでとは別人のように舌がなめらかになった。

「四の御囲、五の御囲は増築中で、ようやく三の御囲ができたばかりの頃だ。お犬さまをお連れしたはいいが、入れる場所がなくて往生した」

「孫兵衛が言ってた話もその頃に……？」

「元禄十年のたしか六月だ。八年の暮れに一の御囲が完成して森家はお役御免となったが、あそこがわるい、ここが不備だと文句をつけられ、森家の者たちも幾人か残って修築に当たっていた。猛犬を殴り殺したのは、そう、武兵衛《ぶへえ》という男だ。詳しいことはわからぬが、お上と森家の間でいざこざがあったらしい」

「お家がお取り潰しになったというのはほんとですか」

「森家は御囲のために銀五千貫近い大金を使い果たし、にっちもさっちも行かなくなっていたそうだ」

「銀五千貫っていうと……」

「大ざっぱに言って十万両ほどか」

十万両！

金一両あれば、二俵近い米が買える。十万はお犬さまの数とおんなしだ。恐ろしくたくさんだってことはあたいにもわかる。

「そんなにかかったんですか、一の御囲を造るのに」

あたいは吐息をもらした。

「急き立てられて、延べ百万もの人足を動員したという」

「百万……」

十万と百万とどっちがたくさんだろう。どっちも数え切れない。

「森家の災難はお犬さまの祟《たた》りだと噂が広まった」

お犬さまの祟り——。

あたいは眉をひそめた。

「そういえば五郎八さんも言っていました。井戸を掘るときの苦労話や餌をめぐる騒動や……そんな話をするたびに、こいつはお犬さまの祟りだって」

御囲も苦難つづきだった。三十万坪近い敷地に水を行き渡らせるためには、百ヵ所以上も井戸を掘らなければならない。そのためにどれほど人手と手間がかかったか。

餌についてもそうだ。御囲中のお侍さまがふたつに分かれていがみ合った。数年来、鰯が大漁だったので、銚子から干鰯を運ぶ手筈をととのえた。すると生類憐みの令をたてにとって反対する者があらわれた。さんざんやり合ったあげく、お上のお沙汰をあおぎ、ようやく干鰯が餌として許された。

五郎八さんは、そうした話を得々と語ってくれたものだ。

「けど、そんなのこじつけです。お犬さまの祟りだなんて」

「こじつけだろうが屁理屈《へりくつ》だろうがかまわぬ。そういうものだ、噂とは」

依田さまのおっしゃるとおりだ。ひもじくて寒くていらついて、みんななにかに腹を立てている。怒りをぶつける相手がいないから、お犬さまのせいにする。お犬さまの祟りだとささやき合ってさえいれば、どうにかこうにかやり過ごせる。

ふっと若殿さまの顔が浮かんだ。

若殿さまはなぜ、伊達装束に身を包んで、狼藉を働いたり、町人を困らせたり、あたいをいじめたりしたんだろう。

あたいは、酔っぱらった人足どもが農具を振りまわしてお犬さまを撲殺する場面を想った。絶叫、飛び散る血、断末魔のあえぎ……。そこにはなぜか、長屋の女たちも加わっている。

「どうした、怖いのか」

ふるえていたらしい。

「むりもない」

依田さまの眸が陰った。

死が鼻先まで迫っていることを、あたいは思い出した。

口には出さなくても、さっきの三人が今なにをしているか、依田さまもあたいもわかっていた。犬埋場で墓穴を掘ってるんだ。二人を埋める墓穴を。

この寒さだから地面が凍りついて、掘るのは難儀にちがいない。それでも大の男が三人で力を合わせれば、四半刻（三十分）で立派な墓穴ができ上がる。行って帰って来るまでせいぜい半刻。

いったい今、何刻になるのかと指を折った。

どんなに遅くても、祭は夜の四つ（午後十時頃）にはお開きになったはずだ。となると丑の刻（午前二時前後）くらいか。御囲の朝は早いから、七つ時（午前四時頃）までには邪魔者を土中に葬ってしまわなければならない。

「こうしてはいられません」

あたいは腰を浮かせた。

「逃げる算段をしないと」

「焦ったとて埒《らち》は明かぬ」

依田さまは袖に手を突っ込んで腕を掻いている。

「だけどこのままじゃ、二人とも殺されてしまいます。あたい、依田さまにはなんとしても生き延びていただきたいんです。あたいはどうなってもいいけど、とにかく依田さまにだけは……」

「おれより熊平だ。御囲のためにも、お犬さまのためにも」

熊平さんまで殺されてしまったら、横流しの一件はうやむやになってしまう。それだけはなんとしても許せない。

熊平さんはいちばん奥の部屋にいる。

「熊平さん、どうしてるんだろ」

格子越しに眸を凝らした。

隣の小部屋のお犬さまは眠っていた。あたいに襲いかかった猛犬だ。真っ白な毛並みなので雪の塊のように見える。

その向こうの部屋では、お犬さまが低く唸りながら動きまわっていた。全長五尺はありそうな黒っぽい唐犬だ。熊平さんが押し込められている部屋はそのまた向こうだから、ここからはよく見えない。

熊平さんのことだ。猛犬などものともしないはず。お犬さま殺しでお白州に引き出されるまでにどう横流しの件を訴え出るか、策を練っているんじゃないか。

「熊平さんにもむろん生きててもらわなくちゃなりません。けど依田さまにはどうあっても……」

「なぜだ」

訊き返されて、あたいは目を瞬いた。

なぜだろう。なぜ、こんなにもむきになるのか。

そのときひとつの考えがひらめいた。

「ご恩がありますから」

あたいは答えた。

「恩……」

「はい。雷光はあたいのために闘って死にました。だからその恩」

依田さまの目をはじめて見たとき、雷光の目だと思った。依田さまはあたいに、二度とむごい目にはあわせぬ、と言ってくださった。雷光のように、あたいを護ると言ってくださったんだ。

御囲まで探しに来たかいがあった。あたいはとうとう雷光を見つけた。

お犬さまの声がとだえた。

依田さまは空咳《からせき》をした。

「雷光から授かった恩を、おれに返してくれるのか」

はいと答えると、やさしい目になった。

「雷光の話をしてくれ」

今はそんな話をしてるときじゃない。

気持ちは焦っていたけれど、雷光の話ができるとなれば、しないではいられなかった。

あたいは話した。薄茶色の毛がどんなに艶やかだったか。黒い目がどんなに賢そうだったか。四尺もある体がどんなに逞しかったか。

庭の隅に穴を掘って骨を隠すのが得意だったことも。耳をひくつかせて遠くの物音を聞き分けたことも。あたいが「お食べ」と言うまで餌を食べなかったことも。くるんと巻き上がった尻尾を首に巻きつけてよく遊んだっけ。日溜まりに並んで寝そべって、長々と話をしたものだ。雷光ほどの聞き上手はいやしない。

息をはずませて話し終えると、依田さまは頬をゆるめた。

「おれも犬に囲まれて育った」

「猟犬と一緒に……」

「病弱だが犬好きの妹がおった。おれも妹も、物心ついたときは犬とじゃれ合っていた」

死が迫っているときにお犬さまの話を、それも楽しそうにするなんておかしいね。

つかのま、あたいは切羽詰まっていることを忘れた。さっきまで不安と焦りで生きた心地がしなかったことも。

これは夢だ。依田さまと二人、近々と寄り添ってお犬さまの話をしているなんて、夢でなきゃなんなのさ。

依田さまの匂いを胸いっぱい吸い込む。

「おれの家は千駄木《せんだぎ》の御鷹匠組屋敷にあった。依田家は代々戸田組の御犬索を務めていた。高々三十俵の御家人ふぜいだが、お役目がら敷地はだだっ広い。庭で猟犬を飼育していたのだ」

「今もそこにお屋敷があるんですか」

「あることはある。お役御免となったあとしばらく、庭はがらんとして荒れ放題だった。今は家人や親類縁者が畑作をしている」

家人――。

依田さまの家人とはどのようなお人だろう。好奇心がちらりと頭をかすめた。

どうだっていいじゃないか、そんなこと。

千駄木ははるかかなただ。あたいのお江戸とおんなしくらい。

ここは御囲で、御囲はこの世とあの世の真ん中にある。お江戸へつづく街道はあるけれど、あれだって幻の道だ。ここで暮らす人たちもそう。御囲の外じゃ、ただの影法師にすぎない。

「七年も、お一人で、住んでおられるんですか」

「ああ」

「お江戸にはもう……」

言いかけて口ごもった。

まもなくお迎えが来て、土中深く埋められてしまうってのに、お江戸へ帰れるはずがない。なんてばかなことを訊こうとしたのか。

依田さまも苦笑した。

「帰れまい」

「あたいはあの……」

「御囲に骨を埋めよう」

茶化したような口ぶりが勘に障った。あっさり負けを認めたのも気に入らない。

「とんでもない」

突如、怒りが戻って来た。

「あいつらの思いどおりになってたまるもんか。ねえ、依田さま、相手は三人ぽっちりなんですよ。うまくやれば犬埋場へ行くまでになんとかなるかもしれません」

甲走《かんばし》った声で言うと、依田さまはすっと目を細めた。

「伊助は侮れぬ。やつは伊賀者だ」

「だからなんだっていうんです」

犬埋場での出来事を思い出した。依田さまは目にも止まらぬ速さで竹の棒を真っ二つにした。竹が白い断面をきらめかせて舞い落ちるさまが鮮やかに目に浮かぶ。

「依田さまならあんなやつ……」

思わず依田さまの腕に手を触れた。

依田さまはもう一方の手で、あたいの手首をつかんだ。

「唯々《いい》諾々《だくだく》と死ぬつもりはない。だが……」

唇の片端を持ち上げたのは、ぎこちない笑みを浮かべようとしたのか。一瞬のちには手を離し、目をそらせた。

「おまえと死ぬならそれもよい」

あらゆるものが静止した。

お犬さまの声も、絶え間なく流れる悪臭も消えた。

こんなことがあたいの身に起こるなんて――。

体がとろけてしまいそうだった。とろとろ溶けて、あたいは真っ白な骨になる。

雷光も骨になった。お役人に死骸が見つかるのを怖れ、真野家の郎党が焼いてしまったから。それでもお役人の目はごまかせなかったけれど。

依田さまになら焼き尽くされたいと思い、それはつまり生まれてはじめて、自分から男に抱かれたいと思っているんだと気づき、そんな突拍子もないことを思った自分が空恐しくなって、

「嘘！」

と、あたいは叫んだ。

「嘘を言ったことはない」

「こんなときに冗談口を」

「こんなときだから思ったままを言ったのだ」

あたいはすっかり取り乱して、なにがなんだかわからなくなってしまった。

「お侍さまが、ばかなこと、おっしゃるもんじゃありません。あたいをどういう女と思ってらっしゃるんです。遊女が産み棄てた廓育ちの女で、お旗本の殿さまの慰みもので、ここじゃ売女もしてて、おまけに今夜は……今夜はごろつきどもに……」

「やめよ」

依田さまは一喝した。

あたいは身をちぢめた。

ああ、また言っちまった。あたいときたら、なんて可愛げのない女だろう。

依田さまはもうあたいを見ようとはしなかった。険しい顔で闇を見すえている。

雷光。おまえはわかってくれるよね。あたいの気持ち。うれしすぎると怖くなって、それでつい、なにもかもぶちこわしたくなっちまうってこと。

うれしいことにはあたい、馴れていないんだ。これまで一度もこんなふうにやさしい言葉をかけられたことなんかなかったもん。いじめられれば唇を嚙んでがまんするか、嚙みついて暴れてやるか。それなら簡単なのに。

ため息をついた。

白い息が闇にとけるのを泣きたい気分で眺める。

五

気まずいときが流れた。

お犬さまの声だけが、あたいのすりむけた心を逆なでするように、高く低く聞こえている。

じっとしていられなくなったのは、依田さまでもあたいでもなかった。

同室のお仲間だ。

お犬さまは勢いよく身を起こして、ぶるぶるっと胴ぶるいをした。向かいの小部屋のお犬さまが格子のそばで鋭く吠え立てたので、にわかに闘志がよみがえったんだろう。

依田さまは片膝を立て、あたいを庇うように両手を広げた。

お犬さまは低く唸った。ふたつの目が光った。

さっきも最後の最後まで闘いを止めなかったお犬さまだ。跳びかかってくれば、依田さまもあたいも素手、防ぎきれるかどうか。

もっと早く、なぜ手足を縛っておかなかったかって？

そんなことできるもんか。人間同士ならともかく、お犬さまに騙し討ちはできない。お犬さまは依田さまの出方をうかがっているようだった。簡単に勝てる相手ではないとわかってるんだ。

「弁慶《べんけい》。あたいだよ。ほら、いつも餌を運んで来る、犬吉だよ」

あたいは依田さまを押しのけて、お犬さまに這い寄った。

「あたいたち、仲間じゃないか。そうだろ、弁慶」

お犬さまの目を見つめながら話しかける。

弁慶から仲間づき合いをしてもらったことは、これまで一度もないけれど。

一瞬の間があって、弁慶は動いた。依田さまの腕の下をすりぬけ、格子に鼻を押しつけて、向かいの小部屋にいるお犬さまに向かって激しく吠えかかる。

二匹が吠え立てると、隣の小部屋のお犬さまも起き上がって口喧嘩に加わった。とうに目覚めていたそのまた隣のお犬さまも、黙ってはいなかった。

けたたましいひとときが流れた。

やがてお犬さまは、一匹二匹と戦列を退いた。あきちまったんだね、吠え合うだけじゃおもしろくないから。

弁慶は格子のそばに長々と身を横たえた。舌をだらりと垂らして息をはずませている。

「そうだ、弁慶だったな」

依田さまは笑った。まだ少しこわばった声で。

「子供の頃、絵草紙で見たんです。猛々しい姿が似てるから」

あたいもつられて笑った。

「それにしてもひどい臭いだ」

依田さまはあらためて空っぽになった布団を眺めた。

「熊手を使うんです。新しい布団に代えるときは。けどなかなかうまくいかないんで、みんないやがって、ついつい汚れ放題」

猛犬の部屋へ入るのは、重病に罹ったり骸になったときだけだ。

熊手で押しやったので、弁慶の布団はよく見ると斜めにゆがんでいた。まっすぐにしようとして、あたいの目は床のひとところに釘付けになった。

「あれをご覧くださいまし」

床板がずれて隙間が開いている。格子の外から眺めただけではわからないほどの、わずかな隙間だ。

依田さまも眸を凝らした。

布団を脇にのけると、そこだけ半畳ほどの板がはめ込まれていた。

「縁の下から表へ通じておるやもしれぬ」

「隣の小部屋はいつも空き部屋になっています。布団は敷いてあるのに」

「やつらはそこから出入りしていたのだ」

胸が高鳴った。逃げ道が見つかるかもしれない。

「手を貸してくれ」

二人がかりで板を持ち上げた。

覗き込むまでもなく、小部屋の縁の下がなにに使われているかひと目でわかった。床すれすれに米俵が見えた。前後左右びっしり詰まっている。

顔を見合わせた。

俵には黴が生えて黄色くなった古米が詰まっているはずだ。

「増築の際、米俵の隠し場所として造ったのだろう。すでにその頃から横流しがはじまっていたのだ」

猛犬の小部屋の下なら、だれも近づかない。なんて悪知恵の働くやつらか。

「今となっては真相は藪《やぶ》の中だが、武兵衛の一件も、存外こいつとかかわっておったのやもしれぬ。そういえば武兵衛も伊助同様、森家で密偵役を務めていたという噂がある」

依田さまは眉をひそめた。

孫兵衛の父親、武兵衛はこの屋敷で猛犬を殴り殺したことになっている。主家の災難をその目で見た武兵衛が、御囲の役人を怨んでいたとしたら……。御囲の悪事をあばいてお上に訴えようとしていたとも考えられる。

むろん、これはあとになって考えたことだ。このときのあたいには、そんなことまで考える余裕はなかった。

「それより早く。俵をどけたら外へ出られるかもしれません」

夢中で言った。

米俵をまず一俵運び出して、それから順ぐりにずらしてゆく。そうすれば人の這い出る隙間ができる。米俵は二人分くらいの重さがあるそうだ。依田さまなら持ち上げられるけど、それだって簡単にはいかない。動かしている間に三人が戻って来てしまうって心配もある。

他に助かる見込みがないんだ。ごちゃごちゃ言ってるときじゃないやね。

「板を持ち上げていろ」

依田さまは命じた。

俵を引き出すのかと思ったら、俵に裂け目を作って、ひとつかみの米を取り出した。臭いを嗅ぐ間もなく、奥の小部屋に向かって投げつける。

ぱらぱらと米の落ちる音がした。

二つの小部屋でお犬さまが吠えた。

たとえ大半が格子に当たって落ちてしまっても、いく粒かは熊平さんのいる小部屋まで届いたはずだ。

依田さまの考えは正しかった。大きな影がのそりと動く気配がした。こちらの様子に眸を凝らしているらしい。

これで横流しについては糸口ができた。熊平さんが生き延びてくれさえすれば、悪人どもを捕らえるきっかけになる。

依田さまはなんて頭がいいんだろう。雷光だって顔負けだよ。

「俵を動かすぞ」

依田さまは身をかがめた。

うまく事が運んだのはそこまでだった。

足音がした。墓穴を掘り終えて、三人が戻って来たんだ。

あたいはがくりと膝をついた。

依田さまは板を下ろし、布団を元の位置に戻した。

「おまえを見ていると、死んだ妹を思い出す」

依田さまの口からもれた言葉に驚いて顔を上げたとき、伊助がぬっと姿をあらわした。

「よう、待たせたな」

伊助は上機嫌だった。

小っちゃな目が酷薄な光を放っている。猫が鼠を捕らえたときの目だ。いきなり食いつくんじゃなくて、鼠が逃げようともがくのをいたぶって楽しむ猫の……。

そういえば、はじめて会ったときから、この目は曲者《くせもの》だと感じていた。

「どうだ。ちったぁ近づきになれたかい」

短刀をちらつかせながら、伊助は好色そうな目を向けてきた。

依田さまから取り上げた両刀は腰に落とし込んでいる。小柄なので長すぎて不格好だ。

「犬吉の味はここいらじゃあ評判だぜ」

伊助は舌なめずりをして見せた。

ふん。知りもしないくせに。

伊助が女を買ったという話はついぞ聞いたことがない。

応える代わりに、あたいはぺっと唾を吐きかけた。依田さまがいることを思い出してしまったと首をすくめたけど、やっちまったもんはしかたがない。

「おっと。そうカリカリすんなって。喧嘩がしたけりゃ、旦那とゆっくりやるんだな。あっちへ行きゃあ、時間はいくらだってあるんだ」

伊助はにやついた。にやついていても、全身は刃物のようだ。構えに隙がない。伊賀者ってのがほんとなら、剣だって相当の使い手にちがいない。あたいたちは蛇に見込まれた蛙みたいなもんだ。

「まずは格子んところまで来て、両手を出してもらおうか。旦那も、犬吉もだ」

伊助は孫兵衛と粂蔵に合図をした。

孫兵衛は荒縄を持っている。粂蔵はどっから持って来たのか、刺股を手にしていた。

二人が格子に近づくや、お犬さまが跳ね起きて狂ったように吠えかかった。

伊助は舌打ちをした。

「そいつで突き殺してしまえ」

粂蔵は刺股を突き出そうとした。

「おやめ。もう十分だろ、お犬さまの血を流すのは」

あたいは金きり声を上げた。

弁慶は、突き殺されこそしなかったけれど、刺股に追いまわされて傷だらけになった。戦意を失って、奥の布団の上にへたり込む。物憂げに手足の傷をなめた。

「早くしろ。そうじゃねえ。後ろだ。後ろを向きやがれ」

依田さまとあたいは言われたとおり後ろを向いて、格子のひとつの隙間から両手を突き出した。肘のところでつっかえた。

孫兵衛が荒縄で手首を縛った。

「旦那はそのまんま奥の壁際まで下がれ。犬吉からだ」

依田さまが退くのを待って、孫兵衛が錠をはずした。あたいは引き出され、今度はもっと頑丈に荒縄でぐるぐる巻きにされた。

「次は旦那の番だ。ちっとでも逆らやぁ、犬吉の首がかき切られると思いな。もっとも売女の首なんざ、惜しくもなかろうが」

依田さまは条蔵に刺股を突きつけられて、通路へ出て来た。たとえあたいの首に見切りをつけたとしても、後ろで両手を縛られてたんじゃ抗いようがない。

孫兵衛は依田さまもぐるぐる巻きにした。猿ぐつわをはめられなかったのは、ここじゃどうせ、大声上げたって聞こえないからだ。

お犬さまはあたいたちの災難をよそに、相も変わらず吠え立てている。

なにもかも終わった。

三人に追い立てられて、依田さまとあたいは表へ出た。

あたりはまだ暗い。

夜がこんなに長いなんて思いもしなかったよ。もしかしたら、朝はもうなくなっちまったのかもしれない。浅野の浪士が討ち入りをしたっていうのが、そもそもこの世から朝がなくなる前ぶれだったのか。

朝があろうがなかろうが、あたいにはもうどうでもいい。

寒さのほうもいちだん、どころか数段きびしくなっていた。耳がぴりぴり痛い。息を吐いたら、そのまま氷になっちまいそうだ。おんぼろ長屋の粗末な筵と薄っぺらな夜着にくるまって過ごす夜ですら、今となっては極楽に思える。

いいさ。あと少しで土中に埋まってしまうんだ。そしたら体も暖まるはずだ。

あんなに腹を立て、不安に駆られてじたばたしてたのに、いざとなるとあたいは憑き物が落ちたように平静だった。

おまえと死ぬならそれもよい——。

依田さまはそう言ってくださった。妹って……なんだっていいや。もう十分じゃないか。

ねえ雷光。あたいは探してたもんを見つけたんだよ。これで大手を振っておまえのとこへ行けるね。あの世では、依田さまとあたいとおまえと、きっと愉快に過ごせるよ。

死ぬのは怖くなかった。

依田さまと一緒なら、十万回殺されたってへいちゃらさ。

第四章　終わりのない夜のあとの一日

一

　依田さまとあたいは荷車の荷台に押し込まれた。お犬さまの骸を運ぶつもりだった荷車だ。いつもはぼろぼろになったお犬さま用の布団を運び出すのに使っている。

ところであの布団、どこへ持ってゆくんだろう。

ゆられながら考えた。

　釜屋の焚《た》き付けにしちまえばいいのに。あんなもんでも、まだなにか使い道があるんだろうか。

　五日か十日にいっぺん、堆《うずたか》く積み上げられたぼろ布団が御囲から出てゆく。お役人も鼻をつまんで、早く行けと手を振り立てる。布団の山はあんまし欲張って積みすぎるから、荒縄をかけてあってさえ右へゆれ左へゆれて、見るからにあぶなっかしい。

ぼろ布団の山なんか、だれ一人見向きもしないけれど……。

そのとき、思いついた。

あたいは鼻をひくつかせた。

荷台にしみ込んだ獣や糞尿や餌の滓《かす》の臭いに混じって、かすかに藁の匂いがした。

米俵の俵も藁を編んだものだ。

依田さまを見た。

依田さまもあたいを見ていた。

たったいま気づいたことについて話そうかと思ったけれど、やめとくことにした。

小声で話せばやつらには聞こえない。用心のためじゃない。

依田さまのまなざしに、あたいは髪の毛一本、爪の先までからめとられちまったんだ。他のことはもう、どうでもよくなっちまった。惚れた男と死出の道行《みちゆき》なんて、そうそうできるもんじゃないよ。

幾千代姉さんに話したら、

――わっちには叶わぬ夢でありんす。

あらぬ方を見つめ、深い深いため息をついたにちがいない。

「依田さま……」

あたいは唇を動かした。

唇は柔らかくほどけて笑みになった。両眼が潤んでくるのがわかる。

生まれたての赤ん坊のように、あたいはまっさらになった気がした。こんなに素直な、やさしい気分になれるなんて信じられない。

そのまま見つめ合っていた。

道行はよどみなく進む。と、芝居ならきれいに引っ込むとこだけど、実際はあっちへかしぎ、こっちへゆらぎ、手荒なことといったらない。そのたびに依田さまの体にぶつかり、離れ、またぶつかって、まるで枝にぶらさがった蓑虫みたいだ。

だけどおかしいね。そんなことにさえ、あたいは胸を昂らせ、体をふるわせていたんだよ。

ねえ雷光。今、思いついたんだけど、あの夜、禍々しい刀がおまえの体を斬り裂いたとき、おまえはとても静かな目をしていたね。若殿さまの目のほうが、おまえの目よりずうっと悲しそうだった。

命を捧げても惜しくないもんがある。抱かれたいってことはまっさらになるってことで、まっさらになるってことは死んでもいいってことで、そんなこともみんな、おまえにはわかっていたんだね。

二

犬埋場の奥まった一画に、依田さまとあたいの墓所ができていた。ずいぶん深く掘ってある。まわりに積み上げた土の山を見ただけで、悪党どもの労苦が偲《しの》ばれた。悪事は働くより隠すほうが骨が折れるとはよく言ったものだ。墓穴のそばに大小の鋤が散らばっていた。掘り起こした土のそこここから、お犬さまの骨骸が覗いている。

「じき夜が明ける。経をあげてる暇はねえ」

さっきとは一転して、伊助は不機嫌に言った。ここまでたどり着くのに思いのほか手間取ったせいだろう。

伊助は孫兵衛と粂蔵に、あたいたちを荷車から降ろせと命じた。穴へ投げ込んで掘り起こした土をかけてしまえば、狂乱の一夜は終わる。

粂蔵に刺股で小突かれ、孫兵衛に抱きかかえられて荷車を降りた。降りるとき布子の裾が乱れた。孫兵衛が手早くなおしてくれた。

あたいはちょっと驚いた。こいつにも雀《すずめ》の涙ほどの仏心があったとは。

そういや、武兵衛って人はお侍だった。悴《せがれ》も世が世ならお侍の端くれだ。孫兵衛も不運な星の下に生まれたんだ。

墓穴へ追い立てられようとしたときだった。

「待て。だれか来る」

伊助が鋭い声で言った。

邪魔が入ったとわかるや、たちどころに顔が醜くゆがむ。

以前からなにかに似てると思ってたけど、あたいはやっと思い出した。昔、若殿さまに能ってのを観せてもらったことがある。そんとき出て来た老婆だ。旅人が骨骸の埋まった部屋を覗いたら、突然、鬼婆になっちまったってやつ。あれはなんて言ったっけ。

手燭の灯がゆれながら近づいて来た。

竹の棒が立ち並んでいるだけのだだっ広い場所だから、さえぎるものはない。すぐにだれかわかった。

「なんでえ。熊平の野郎だ」

孫兵衛は安堵の息をもらした。

「どうやって出やがったんだろう」

粂蔵は目をみはっている。

「ちくしょうあの野郎……。まあいい、うっちゃっておけ」

伊助は舌打ちをした。いいから早いとこ投げ込めと孫兵衛に合図をする。

そのときだった。

お犬さまの声をかき散らすように、

「うおーい。うおーい」

と、熊平さんが大声を張り上げた。獣の遠吠えみたいな声だ。それでも一応、呼び止める言葉にはなっている。

三人は棒立ちになった。

そりゃあそうさ。今の今まで口が利けないと思ってたんだから。

熊平さんはあわてる素振りもなくのそりのそりとやって来ると、狂気とも正気ともつかない目で三人の顔を眺め渡した。肩に唐鍬を担いでいる。

「熊平、てめえ、脅かしやがって」

「声が出るんなら出るとはじめっから」

孫兵衛と粂蔵は口々に文句を言った。

「話はあとだ。こいつらを投げ入れろ」

伊助はわめき立てた。

お犬さまも負けじと吠え立てる。

熊平さんの唐鍬に目を落として、

「こいつにも手伝わせろ」

と、伊助は言い足した。埋葬を手伝うために駆けつけて来たと思ったんだ。そう思ってもおかしくないほど、熊平さんは従順な顔をしていたし、ぬうっと立った姿だって害はなさそうに見えた。自分が閉じこめられたってことさえわかっちゃいなくて、まさに自分の役割だけを忠実にまっとうしようとする墓守そのもの。

熊平さんはあたいたちのそばへ歩いて来た。孫兵衛を押しのけ、粂蔵に手燭を押しつけるや、空いているほうの手で依田さまの荒縄をぐいとつかんだ。

そのまま墓穴へ投げ込むかに見えた。

あたいでさえ、もしやと背筋を凍らせたくらいだから、悪党どもはなんの疑いも抱かなかったはずだ。ほんと、熊平さんは地獄の獄卒みたいに落ち着き払っていたんだよ。焦点の定まらない目を伊助に向け、無邪気な笑みさえ浮かべて見せた。

伊助は鼻白んだような顔をした。

「とっと殺っちまえ」

目をそらせたのは、熊平さんの笑顔が薄気味わるかったからだろう。

そこで、すべてが一転した。

もちろん熊平さんは、あたいたちを見捨てたりはしなかった。

鍬を小脇にはさんだ。ふところへ手を突っ込んで短刀を取り出した。だれにもなにも言う隙を与えず、すっぱりと荒縄を断ち切った。つづいて手首の縄も切り落とす。手妻《てづま》を見るような早さだった。

「な、なにしやがる」

「てめえ、いったい……」

悪党どもは血相を変えた。

「ちきしょう。殺っちまえ」

伊助がわめき立てたときはもう、熊平さんは依田さまに短刀を渡し、あたいたちの前に立ちふさがって唐鍬を構えていた。

あたいは縛《いまし》めを解かれた。食い込んでいた縄がゆるんで足下へ落ちると、体が鞠のようにはずんだ。大きく息を吸い込み、欲張りすぎて噎《む》せ返る。

依田さまは素早く身をひるがえした。短刀で孫兵衛と闘うつもりらしい。

熊平さんはすでに粂蔵と闘っていた。武器は唐鍬と刺股だ。軍配は唐鍬に上がった。あたりまえさ。人を斬り殺して、お上に追われながらしぶとく三十年も生き延びてきた浪人と、どこの馬の骨とも知れぬひょろりと痩せた賄い役じゃ、はじめから勝負になりゃしない。

　手燭がすっ飛び、刺股が墓穴へ転げ落ちて、粂蔵は目をまわした。

「犬吉。こいつを縛ってくれ」

熊平さんに言われて、あたいは荒縄で粂蔵の手足を縛った。依田さまの胴を縛った縄は短く断ち切られているので手首を縛るのがやっとだ。用心して二本三本と縛り上げる。足はあたいの胴を縛っていた縄でぐるぐる巻きにした。

依田さまと孫兵衛も闘いの真っ最中だ。孫兵衛が手にしている短刀は、お犬屋敷で伊助がちらつかせていたものだ。馬鹿力があるだけかと思っていたけど、予想に反して、孫兵衛は短刀の使い手だった。依田さまと互角に渡り合っている。

刀さえあればねえ。あっという間に勝負がついたのに。

依田さまの刀は、伊助の手にあった。はじめこそ後方で身構えて、手下どもの働きぶりを眺めていた伊助も、今や熊平さんと死闘を演じている。身の丈に届きそうな長刀を我が手のごとく自在に扱う技は、やっぱしただ者じゃない。伊助は伊賀者で密偵役として森家に雇われていたと聞いたけど、どんないきさつで人足頭になったのか。小柄な体には、あたいなんか目をまわすような物語が、きっとはち切れんばかりに詰まっているんだろうね。

御囲は掃き溜めだ。主家を失った密偵、人を斬り殺した浪人、先祖代々のお役を奪われたお侍、悪党もごろつきも売女も……。野良犬だけじゃなかったんだね、御囲にしがみついて生き延びようとあがいてるのは。

熊平さんは伊助の魔剣に苦戦していた。唐鍬の先端を断ち斬られ、攻撃を防ぐのがやっとだ。もっとも伊助のほうも斬り込む隙をつかめずにいるから、熊平さんだって相当な手練だ。

依田さまはようやく優勢に転じていた。孫兵衛の手から小太刀を叩き落とすや、鳩尾に拳を見舞って一気にけりをつけた。

「縄をくれ」

ばらけた縄しかないので、あたいは帯を引き抜いて手渡した。孫兵衛はうずくまってうめいている。依田さまは手早く縛り上げた。

あたいは縄を拾い集めてつなげる。どうにか帯の格好におさまったとき、

「食らえっ」

と、伊助の奇声が聞こえた。脳天から噴き上げたような声が。

声のしたほうを見た。

熊平さんが地べたに尻をついていた。両手にそれぞれ短い棒をにぎりしめているのは、唐鍬の柄を水平にかかげて伊助の一撃を防いで、真っ二つに断ち斬られたせいだろう。

伊助は熊平さんの正面に立ちはだかっていた。すでに体勢を立て直し、振り上げた刀で、今度は無防備になった熊平さんを真っ二つにしようとしている。

あたいは悲鳴を上げた。

同時に、依田さまの手から短刀が飛んだ。

短刀は宙をよぎって、伊助の腕に突き刺さる。

伊助は刀を取り落としてよろめいた。

依田さまの動きは素早かった。すぐさま刀を拾い上げた。

喜んでる暇はなかった。次の瞬間、あたいは凍りついた。顔から血が引いて、息が止まった。知らせようにも声が出ない。

あたいの目は、よろめいたはずの伊助が鋭い気合いと共に脇差をくり出すのを見た。

殺られた、と、思った。遠い日の雷光のように、依田さまが妖刀に斬り裂かれるところを見たような気がした。

幻だった。

依田さまは拾い上げた刀を下からはね上げ、すんでのところで伊助の一撃をかわした。

伊助ははね返された刀をそのまま右肩に担いだ。ぐんと体を低くして身構え、次なる機会をうかがっている。上目遣いに睨みすえた眼光は狂犬の目玉のようにぎらついて、ゆがんだ唇からもれる息は燃え立つ炎みたいだ。蜘蛛《くも》が地を這うように、すり足で少しずつ依田さまに近づこうとしている。

一方、依田さまははね上げた刀をだらりと垂らし、両足を軽く開いてその場に突っ立っていた。昨夜見たあのときとおんなし、卒塔婆みたいだ。もし、この目で竹が斬り飛ばされるのを見たんじゃなければ、闘う気力をなくしちまったんじゃないかと心配してたはずだ。

けど、あたいはわかっていた。依田さまの背中が硬く盛り上がって、じわりと汗の滲んだそこに凄まじい力がこめられてるってことが。

お犬さまの声が遠のいた。二人のまわりだけが白い闇に包まれる。

伊助が跳んだ。

ガチッと刀の合わさる音がして、光が闇を引き裂いた。

血飛沫と共に地面へ転がったのは、依田さまではなく伊助だ。斬り上げた刀を宙に留めたまま、依田さまは伊助の骸を見下ろしている。

あたいは両手で両膝をつかみ、腹の底から雄叫びをあげた。

依田さまは、石になったように動かなかった。

「殺すつもりはなかった……」

唇がふるえて、苦しげなつぶやきがもれた。

熊平さんは起き上がり、大きな手を依田さまの肩に置いた。

二人は黙って骸を見つめている。

屍《しかばね》になった伊助はすごく小っちゃくて、ずいぶん年老いているように見えた。能の中の老婆みたいに。カッと見開いた目で未明の冬空を睨んでいる。

あたいは伊助のまぶたを閉じてやった。骸になっちまったんだ。今さら恨み言をぶつける気にもなれない。

両手を合わせて立ち上がると、依田さまと熊平さんはまだ呆然《ぼうぜん》と突っ立っていた。

依田さまはきっとはじめて人を斬ったんだね。だから放心していなさるんだ。そんな依田さまが、あたいは好きだよ。強がって平気な顔をしたり、人の死を軽々しく笑い飛ばしたりできない依田さまが。

熊平さんは眉をひそめていた。三十年前に口論のはずみで斬り殺してしまった御小人のことを思い出していたのかもしれない。

「あの……後始末をしちまわないと」

あたいは声をかけた。

夜明けの匂いがする。目には見えなくても、あたいにはわかる。東から西へ澱《よど》んだ夜気が流れて、そのあとへぴんと張り詰めた朝の気配が忍び込んでくるのが。

二人は我に返った。

あらゆるものが動きはじめた。

伊助の骸を墓穴に投げ込んだのは熊平さんだ。

どさりと音がして土埃が舞い上がるのを見届けると、依田さまはきびきびとした足取りで孫兵衛と粂蔵のところへ歩み寄った。

孫兵衛は地面にあぐらをかいていた。細い帯一本なのに上半身はがっちり固定されている。

粂蔵は手首と足首を縛られて地面に横たわっていた。あたいに何重にも縛られたんで苦しそうだ。

二人とも歯の根も合わないほどふるえていた。伊助が斬殺され、墓穴へ投げ込まれたのを見たあとでは、縛めがあろうがなかろうが、もはや抗う気力はないはずだ。

依田さまは代わる代わる二人を眺めた。動揺の色はもう跡形もない。きりりと引きしまったお武家さまの顔だ。

「見たとおり伊助は死んだ。次はおぬしらだが……」

依田さまはちらりとあたいを見た。

孫兵衛と粂蔵があたいになにをしたか、依田さまは知っている。あたいを気遣い、言葉の代わりに目で同意を求めたのか。

あたいにはなんの考えもなかった。考えどころか、今となってはなんの感情も湧いて来なかった。なにもかもが遠い昔の出来事のように思える。不思議だね。まだいくらもたっていないのに。

「ふたつ道がある。いずれか選べ」

依田さまは二人に射抜くような視線を当てた。

孫兵衛は目を泳がせた。粂蔵は死んだ魚みたいに動かない。

「ひとつは、このままお犬さま殺しでお裁きをうける道だ。さすれば打ち首・獄門となろう」

どちらかが喉の奥で呻き声をもらした。

お仕置きってのを、あたいはこの目で見たことがある。

若殿さまはお仕置きや獄門の晒し首を見るのが大好きだった。あれはまだ旗本奴でならしてた頃だ。町奴の群にまぎれて、小塚っ原へお仕置きを見物にいった。あたいを連れて。

——よおく見ろ。お吉坊。目をつぶるんじゃないぞ。

ご親切にも肩車までしてくれた。

なにも知らないあたいは言われたとおりよおく見て、地面へ下ろされたとたん、うずくまって食べたもんを吐き出した。

あのときの見聞をここでひけらかすのは止めとこう。

大の男だって、自分があんな目にあうとなったら腰がぬけちゃうよ。

「今ひとつ」依田さまはつづけた。「お犬さまの骸を埋めてやる。お犬さまは逃散した。ゆえに伊助もお咎めを恐れて逃亡した。昨夜の一件は無しだ。その代わり……」

熊平さんを見た。

熊平さんはうなずいた。

お犬さまもひときわ高らかに鳴き立てる。

「お犬屋敷の猛犬用の小部屋の床下に隠してあるものについて、見たまま聞いたままを話してもらう。わるくすれば遠島になるやもしれぬが、首が飛ぶことはない」

孫兵衛は目ん玉が飛び出しそうな顔になった。

粂蔵も口をしまりなく開けたまま依田さまを見上げている。

横流しの一件は全御囲にかかわるものだ。となれば、頭領の藤左衛門やお役人さまのだれかが指図をしているはずだ。大物が捕まれば下っ端人足は十把ひとからげ、さほど重い罪にはならないってわけだ。

「どうだ？」

依田さまは返答をうながした。

孫兵衛と粂蔵がすぐに答えられなかったのは、どっちがいいか迷っていたからじゃなくて、思いもよらない話が飛び出したんで呆然としちまったんだろう。

「孫兵衛」

「へ、へい。なんでもお話しいたします。命だけはお助けくだせえ」

孫兵衛は主に叱られた幇間《たいこもち》みたいに頭を上下させた。

情けないねえ。これがあたいの腕ひねりあげた孫兵衛かい。

胸の中で毒づいたものの、ほんとを言えば、あたいもほっとしていた。なりたくなかったのにあたいがこんな女になっちまったように、孫兵衛だって、なりたくてこんなふうになったわけじゃないんだもん。めぐり合わせってのは、ときおりとてつもない意地悪をするんだね。今のあたいにはよくわかる。

「おまえはどうだ」

依田さまは粂蔵に目を向けた。

「むろん仰せのとおりにいたします。あっしは伊助に脅されてやったんでさ。最初は嬶《かかあ》の病を治したい一心で、お犬さまの薬をちょろまかしたんでございます。ほんの出来心で。そいつをめっかって、ばれたらあっしばかしか、お江戸に残したおっ母や嬶、坊主の命もねえと脅されて。それでしかたなく餌に細工を……」

涙と鼻水で粂蔵の顔はぐしゃぐしゃだった。

粂蔵は女を買わなかった。「けち助」だから、というのがもっぱらの評判だった。

そうか。お江戸の家族に仕送りをしてたのか。あの祭さえなかったら――浅野の浪士の討ち入りさえなかったら、今夜だって平穏な夜を過ごしていられたのに。お犬さまの粥に古米を混ぜるたびにうしろめたい思いをしながらも、病の女房や老母、子供のためだと自分に言い聞かせて、今までどおり仕事に励んでいたはずだ。

「今の言葉、忘れるな」

二人に念を押して、依田さまはあたいに向きなおった。

「見張っていてくれ」

短刀を渡された。

夜明けの気配はいちだんと濃くなっている。これからお犬さまの骸を埋めようってんなら、それこそ大忙しだ。

依田さまは熊平さんに荷車を引かせ、急ぎ足でお犬屋敷へ戻っていった。

暁闇《ぎょうあん》。闇は闇でも、背後ではもう暁が足踏みをしている。

あたいは短刀をにぎりしめ、孫兵衛と粂蔵を見下ろした。

さすがに二人とも疲れ果てているのか、ぐったり目を閉じて、あたいのほうは見ようとしない。

ぐったりはこっちさ。腹もぺこぺこだし。

生まれてから二十余年で味わったぜんぶの出来事を並べたって、今夜あたいの身に降りかかった騒動にはかなわない。昨日の朝――夕餉のときでもいいや――だれかがやって来て、今晩こうこういうことがあるよと教えてくれたら、あたいは粥を三杯も四杯も詰め込んどいたのに。空腹のときと満腹のときじゃ、腹のすわり方もちがってくる。

けど、逃げたりはしないよ。逃げるもんか。もっとひどい目にあったって、あたいは依田さまと一緒にいるほうがいい。

気がゆるんだせいか、立ったまま眠りそうだった。掘り起こした土の山に腰を下ろして、眠気覚ましに雷光とおしゃべりをはじめる。

雷光。ねえ、信じられるかい。

依田さまのことだけど……。

お侍嫌いのあたいがお侍さまに惚れちゃったんだよ。しかもそのお侍さまが、あたいと死んでもいいって言ってくださったんだよ。売女のあたいと。嘘じゃない、冗談でもないって、そう言ってくださったんだよ。

依田さまは嘘をつくお人じゃない。嘘でも冗談でもなければ、これはきっと夢だね。依田さまもあたいも、夢を見てるんだね。

いいさ、夢でも。

おまえが死んでから、ろくに夢さえ見なかった。見られただけで御の字さ。

あたいは今、墓穴の傍らの掘り起こされた土の上に座っている。墓穴には血まみれの骸。手にはむき出しの短刀。目の先にはあたいを辱《はずかし》めた悪党ども。耳には止むことのないお犬さまの声。

これじゃ、色恋を語るにふさわしい場所とは言えないけれど……。

寒さも疲れも忘れて、あたいは聞き上手の愛犬に綿々《めんめん》と胸の思いを打ち明けた。

三

東の空が仄白んでいた。

さっきはもう朝なんかこんりんざい来るまいと思ったのに、やっぱし朝は来た。

となればなったで、早く早くと気がもめる。

裾を払って腰を上げた。爪先立ちになって二の御囲の方角を眺める。荷車を引いた人影が近づいて来るのを見つけるや、小走りに駆け出した。

「どうやら間に合った」

声が届くところまで来ると、依田さまは笑顔を見せた。

「猛犬が逃げたとわかれば大騒ぎになる。が、これでだれもお咎めはうけずに済む」

人足頭の伊助がいなくなっちまったんだ。咎め立てのしようがない。

お犬さまの逃散はここではしょっちゅうだった。水や餌をやる際、でなければ布団を取り替えるとき、うっかり開けたままになっていた戸口から逃げ出してしまう場合もあるし、戸締まりを忘れた晩に一匹残らずいなくなってしまう場合もある。お犬駕籠から小屋へ移す際にするりと逃げられてしまうこともあった。

そのたびに、御囲は大混乱に陥った。お犬同心や人足が大挙して探しまわり、見つければ見つけたでお犬さまに怪我をさせないよう、おっかなびっくり近寄って、なだめすかして小屋へお戻りいただく。たいがいは腹が空くのを待って餌で機嫌をとる。

「村人たちはおちおち寝ていられませんね」

あたいが御囲へ来た翌年、三の御囲で騒動があった。数十匹が群をなして逃散しちまった。中には野生化して村人を手こずらせたお犬さまもいた。

「被害がないだけましだ」

「あたいたちも探すまねをしなきゃなりません」

「影も形もないとなれば、流言蜚語《りゅうげんひご》が飛び交おうが」

神隠しだ、祟りだ、いや、伊助は犬神の化身だったんだ……等々。それでも人の噂なんかいいかげんなものさ。どんな大事も次の大事が起これば忘れ去られてしまう。

お犬さまの逃亡も、浪士の討ち入りも。

話している間に、熊平さんは墓穴の際まで荷車を引いていった。

あたいも追いかけた。

先刻まで依田さまと身を寄せ合ってゆられていた荷台に、お犬さまの骸が折り重なっていた。骸は冷えきっている。毛にこびりついた血もとうに固まっていた。

「このお犬さまたちは、みんなの身代わりになってくれたような気がします」

あたいや依田さまの、熊平さんの、人足たちの、長屋の女たちの、つまり御囲にかかわる人々みんなの……。

それだけじゃない、もしかしたらもっとたくさんの、お江戸や他のどこかに住む人々の身代わりになってくれたのかもしれない。そうとでも思わなきゃ、浮かばれないよ。

あたいは涙を呑み下した。

権太、さよなら。疾風、おまえのこと忘れないからね。次郎兵衛、喧嘩しちゃだめだよ。小矢太もいい子でね。長助、安らかにお眠り……。

熊平さんがお犬さまを荷台から下ろすたびに、あたいは名を呼び、骸に頬をすり寄せた。抱きしめて心ゆくまで別れを告げたかったけれど、そんな暇はもうない。

耳元で鼻をすする音が聞こえた。顔を上げると、熊平さんが泣いていた。涙が頰を伝って、ぽたぽたと地面に落ちている。目も鼻も真っ赤だ。

依田さまは少し離れたところで、黙ってあたいたちを眺めていた。

骸を一旦地面へ下ろすや、熊平さんは墓穴に入っていった。投げ入れるのが忍びなかったんだ。

依田さまはあたいのそばへやって来た。

「不運に見舞われるのは、いつの世も声を持たぬ者だ」

吐き捨てるようにつぶやいたのは、お犬さまのことを言ったのか、熊平さんのことを言ったのか、それとももっと別の、あたいには思いもつかないことを考えていらしたのかもしれない。

依田さまはお犬さまを抱き上げ、身を乗り出して一匹ずつ慎重に熊平さんに手渡した。熊平さんは両手で抱き止め、墓穴の底へ並べてゆく。一匹残らず墓穴へ納めると地上へ上がって来た。依田さまと二人、鋤を使って黙々と土をかけてゆく。

あたいも手伝った。

埋めるのはわけなかった。等間隔に竹の棒を立てれば、もうどこが伊助と猛犬の墓所か区別がつかない。お犬さまの声は弔いの泣き女の声のように聞こえている。

熊平さんは農具をかき集めて荷車に積み込んだ。

依田さまは振り向いた。

「痕跡は消えた。おまえも、忘れろ」

あたいはうなずいた。

忘れろと言うなら忘れよう。体に染みついた男どもの臭いも、孫兵衛や寛次や酔いどれ人足どもへの憤りも、つれない仕打ちをした長屋の女たちへの怨みも忘れよう。死んだお犬さまのことも、伊助の骸のことも忘れよう。ついでに、気性が烈しくて不作法でいやなとこだらけの売女も、みいんな一緒に埋めちまおう。依田さまがそうしろとおっしゃるなら。

依田さまは悪党どものほうへ歩き出した。

すると、熊平さんが呼び止めた。

「言っておかねばならぬ」

これまでとは別人のように険しい顔だ。

「三十年前の一件だが……」

依田さまと熊平さんは目を合わせた。

今の今まで忘れていた。そう。二人は追う者と追われる者だったんだ。思い出したら背筋がひやりとした。

あたいは息を詰めて二人の顔を見比べる。

「横流しの件はこれでカタがつく」熊平さんはつづけた。「逃げ隠れはせぬゆえ、わしを捕らえ、江戸へ引き立てるがよい」

わずかな沈黙があった。

依田さまは東の空を眺めた。

お江戸のある空だ。

「御犬索のおれには下手人の探索は手に余る。いつになれば奥村只之助が見つかるか、見当もつかぬ」

熊平さんは目を瞬いた。

「見逃してくれと頼んだつもりはないぞ」

「見逃しはせぬ」

依田さまは熊平さんに視線を戻した。

「御囲は常の世とはちがう。墓守の熊平は下手人の奥村ではない。言う意味がわかるか。御囲の外で犯した罪を、御囲内で詮索する気にはならぬ。それだけだ」

「わしは……」

「卒塔婆でも眺めながらたまには酒でも酌み交わそう。だがすべては御囲あってのこと。一歩でも御囲を出れば、そのときは容赦せぬ」

あたいは深々と息をついた。

無言の約束を交わし合ったのち、依田さまと熊平さんはそろって孫兵衛と粂蔵のもとへ歩み寄った。

依田さまは孫兵衛を見下ろした。

「ひとつだけ言っておきたいことがある」

孫兵衛は顔を上げた。

「おぬしの父はお犬さまのせいで命を断ったのではない」

孫兵衛はぽかんと口を開けた。

「これはあくまでおれの考えだが、森家を虐《しいた》げた者に報復するため、武兵衛は不正を探っていたのではないか。それがばれて先手を打たれた。猛犬を撲殺して立ち腹かっさばいたというは作り事、はじめから仕組まれていたのだ」

孫兵衛は絶句している。

「逆恨みはやめよ。人を嚙み殺すのは猛犬ではない、人だ」

依田さまは孫兵衛の腕をつかんで引き上げた。

熊平さんも粂蔵の足の縛を解いた。

「小屋へ閉じこめておけ。おれは彦次郎に文を持たせ、甲斐さまに事の次第を知らせる。甲斐さまは公正なお方だ。この件にだれがからんでいようと、事実が明らかになった以上は鉄槌《てっつい》を下すはずだ」

熊平さんはうなずいた。

あたいから短刀を受け取り、ふところへ納める。荷車を犬埋場の片隅まで引いていって置き捨て、一旦戻って来ると、今度は荒縄の端をつかんで二人を追い立てながら遠ざかっていった。

空は明るくなっている。霧が出て、視界をさえぎっていた。竹の卒塔婆にからみついた朝霧は香華のようだ。

「熊平は米俵を押しのけ、床下から這い出たそうだ」

依田さまは、お犬さまの骸を運んで来る道で熊平さんから聞いた話を、あたいにも話して聞かせた。

「熊平さんを見逃してくださってほっとしました」

あたいははずんだ声で言った。

「見逃すとは言わなかったぞ」

「でも御囲ではつかまえないと言われました」

「御囲が無くなったらどうする」

「無くなりっこありません。何万ものお犬さまがいるんです」

「そうか。ではおれも、熊平の傍らへ骨を埋めよう。生きながら埋められるのはごめんだが」

依田さまは眸を躍らせた。

これで落着した。不穏な胸騒ぎではじまった一夜がこんなふうに終わるとは思ってもみなかった。

雷光、おまえがいてくれたお陰だよ。

胸のうちでつぶやきながら、あたいの目はまっすぐ依田さまを見つめている。

依田さまは眩《まぶ》しそうに目を瞬いた。

「お世話係をつづけるつもりか」

「はい」

「他にしたいことはないのか」

「どうでしょう。なにができるのやら、行くところもありませんし」

「おれのところへ来ればよい」

依田さまはさらりと言った。

言い方があまりに自然だったので、あたいはなにを言われたのかわからなかった。

「おまえはおれの世話をしろ。おれはおまえを護る」

「依田さま……」

「二度は言わぬ」

依田さまは朝霧のかなたにあるものを見つめていた。目には見えないけれど、あたいの雷光のように、依田さまの心にだけ見えているなにかを。

「このまま連れ帰ることもできる。来いと命じることもできるがそうするつもりはない。お犬駕籠もなし。銭もなしだ。おまえは自分で考え、自分の足で来い」

待っているぞ、と、ぶっきらぼうに付け加えるや、足早に歩きはじめた。

あたいは棒立ちになっていた。目をみはったまま、もしかしたら口だって開けてたかもしれない。

地鳴りのように聞こえていたお犬さまの声が遠のき、依田さまの後ろ姿は霧にかき消された。

四

そのあと、どうしたかって。

自分でも信じられないことをした。

まず、竹の棒を手当たり次第に引っこ抜いた。

布子の裾を腰までまくり上げて、広げたその上へ山と積み上げた。歩くたびにころころ転げ落ちる。

それから空へ投げ上げた。

ひとつ、ふたっつ、みっつ、四つ、五つ、十、十五、二十……。数えられなくなったんでお犬さまの名前に変えた。思いつくかぎり名を呼び、引っこ抜いては投げた。笑いながら泣きながら引き抜いた。踊りながら歌いながら投げ上げた。

ばかだね、あたいったら。

浅野の浪士や人足衆より、おまえの方がよっぽど狂ってるよ。

いいさ。なんとでもお言い。生きてりゃね、狂わなきゃやってらんないときだってあるんだよ。度を超してうれしすぎたり悲しすぎたりしたときなんかは。

胸の中でなにかがはじけていた。廓にいた頃、下足番の太郎右衛門さんが焼いてくれた粟餅《あわもち》を思い出した。七輪にのっけた金網の上でパチパチはねてたっけ。

浮かれていたら、竹の棒に足を取られてつんのめった。

地べたにしゃがんで息をはずませる。

手の甲で涙を拭った。

あたいはしばらくしゃがんだままでいた。

目の先にたくさんの小さな穴がある。竹の棒を引っこ抜いてできた穴だ。はぜた粟餅のような……。

そう。あのときは待ちきれずに手を出してやけどをした。売り物の体を傷つけたと廓の主に叱られた。おまんまを食べさせてもらえなかった。

欲ばるとやけどをする。おまんまが目の前にあるのに手を出せないのは、なんにもないよりもずっと辛い。

じっと眺めていたら、穴だらけの地面が鳥肌みたいに見えて来た。

この下にいくつの命が埋まっているのか。

裾を払って立ち上がったとき、あたいは真顔になっていた。

討ち入りは終わった。祭も終わった。あたいのとびきりの夜も。

お犬さまの声が聞こえている。行きたくても行けない祭。遠くから流れて来るにぎわいに耳を澄ましていた子供の頃。あの頃に戻って耳をかたむける。

犬埋場はもう地獄へつづく道のようには見えなかった。御囲は黒々とした妖しい生き物ではなく、一夜城のごとく武蔵野の野っ原に出現したお犬さまの楽園だった。

ばらけた髪を指で梳いて結わえなおした。

裾をととのえ、泥を払い落とした。

あたいは長屋に戻ることにした。

壊れた竹矢来を跨いで犬埋場を出る頃には霧も退散していた。

昨夜、寛次の一行に追い立てられて歩いた荒れ野は、早朝の光の中では、なんのこともない、冬枯れの野っ原だった。裸木は葉を落とした枯れ木以外のなにものでもなく、薄もただのしおたれた草叢《くさむら》で、邪悪なものがひそむ場所などどこにも見あたらない。

長屋が見えて来る前に、あたいの鼻は朝餉の匂いを嗅ぎつけた。

屑《くず》野菜か干し大根でも入っていれば上等ってな雑穀粥だけど、思っただけで涎がこぼれそうだ。ぐるぐる鳴る腹を抱えて我が家へ急ぐ。

狼除けの木戸は開いていた。

早番の女たちは、今朝もいつもどおり、日の出前に賄い場へ出かけていったんだ。

昨日なにがあったにしろ、長屋には変わりばえのしない朝がめぐって来たってわけだ。

木戸をくぐる。

ずらりと並んだ戸口の前で、女たちが七輪を持ち出して粥を煮ていた。井戸端で洗い物をしている女たちもいる。

はじめはだれも気づかなかった。

だれかが「あれまあ、犬吉だよ」とすっとんきょうな声を上げた。

女たちは手を休め、いっせいにあたいを見た。

やつらに殺られちまったと思ってたのか。殺られはしないまでも、ぼろぼろになって担ぎ込まれると思ってたのか。それとも、あんなことがあったあとじゃとても戻って来られなくて、どっかへ逃げちまったとでも思ったのか。

ぴんぴんしているあたいを見て、女たちは一様に目をみはった。その視線が、あたいと帯代わりに締めた荒縄の間を行ったり来たりする。

驚きが過ぎ去ると、一人また一人と気まずそうに目をそらした。

そうだろうともさ。あたいを見殺しにしたばかりか、やつらを煽りたてるようなことまで言ったんだから。およねさん以外は一人残らず、あたいが連れてゆかれるのをいい気味だと言わんばかり、目を輝かせて送り出したんだ。

けど、あたいはもうなんとも思っちゃいなかった。

犬埋場へ恨み辛みを埋めちまったからか。疲れすぎて、考えるのがおっくうなだけかもしれない。

「おはよ」

あたいは声をかけた。自分でもびっくりするほど大声で。

女たちは仰天した。

しらっとした間があった。

それから、一気にざわめきが返ってきた。うわずったように挨拶を返す者、「今朝も冷えるねえ」なんて愛想笑いをする者、言い訳めいた言葉を口にする者もいた。

最後まで聞かないで、あたいは家の中へ入った。

　さてと。

このまま筵に倒れ込んで寝ちまいたい。いや、なにはともあれ空きっ腹を満たしたい。せめぎ合いの末、食い気が眠気を追い払った。

井戸端へ行けばまたもや女たちと顔を合わせる。あたいが機嫌を損ねていないとわかったんで、蟻のように群がって、なにがあったか探り出そうとするはずだ。考えただけでうっとうしい。

とはいえ背に腹はかえられなかった。

ごそごそ這いまわって、鍋だの米だの取り出してたときだ。

戸を叩く音がして、遠慮がちに引き戸が開いた。

およねさんだ。

およねさんは鍋を抱えていた。

「残りもんだけど」

家の中であたいが帰って来た気配を聞きつけ、勇気を奮い起こして訪ねて来てくれたんだ。お詫《わ》びのしるしに残りもんの粥を持って。

それがおよねさんにとってどんなにたいへんなことだったか、滑稽なほどびくついた顔を見ればよくわかる。

それ以上にあたいが目を奪われたのは、哀れな顔そのものだった。

寛次に突き飛ばされて顔が醜くふくれていた。ことに黒ずんだ目のまわりと、切れて腫れあがった唇が痛々しい。これじゃ男も寄りつかないや。

「いいのかい、もらっても」

あたいは唾を呑み込んだ。

およねさんはうなずいて鍋を差し出した。まだ温かい。

「助かるよ。お腹が空いて死にそうだったのさ」

「昨夜《ゆうべ》はあたし……」

「こっちこそ、謝ろうと思ってたんだ。あたいのために痛い思いさせちまったね」

およねさんは首を横に振った。泣きそうな顔になる。

「あんたじゃなくたって、だれかが呼びに来た。みんなに断られたって、あいつら、戸を蹴破って押し込んで来た。おんなしことさ。気にしなさんな」

ありがたいことに、およねさんはよけいなことを訊かなかった。安堵の息をひとつもらしただけで、そそくさと出ていった。

人嫌いのおよねさんだもん、これだって上出来だよ。

呼び止めて話をしたいな、と、ちらっと思った。御囲でなにがあったか話したい。お犬さま殺し、米の横流し、伊助と猛犬と墓穴と、熊平さんのことも依田さまのことも。

そう。あたいはだれかに依田さまの話がしたかった。

話したら夢がほんとになるかもしれない。ほんとになったらどんなにいいだろう。

もちろん、呼び止めなかった。気が狂れたと思われちまう。たったのひと晩にこんな凄いことがあったなんて、自分の身に起こったんじゃなかったら、あたいだって信じられないよ。頭がおかしくなったんじゃないかって、ちょっと不安になってるくらいだから。

依田さまのことは……忘れよう。

あたいも少しは大人になって、あるがままの姿に目を向けなくちゃ。

雷光は死んだんだ。二度と帰っては来ないんだ。姿が見えないのは行灯の安油のせいじゃなくて、この世にいないからだ。いないもん探したって、見つかるはずがない。

筵に座って、貪《むさぼ》るように粥を食べた。

鍋の底に貼りついたぶんまで指でこそげて食べた。「不作法な売女」を墓所に埋めて来たことなんかけろりと忘れて、あたいは指をなめ、おくびまでもらした。

いつもなら御囲へ行く時刻だ。

でももう動けない。

空になった鍋を脇へ押しやり、夜着を引き寄せた。

五

ぐっすり眠った。

目覚めると、引き戸の隙間から冬の陽射しがこぼれていた。丸々一昼夜寝てたんでなけりゃ、元禄十五年十二月十六日の午近くってことになる。

これからどうしよう。

お犬さまの声を聞きながら考えた。

御囲へ行くんだろ。他にどうしようってのさ。

あたいは爪を嚙んだ。

それとも依田さまの……。

ちらりと思ったとたん、別の声がさえぎった。

およし。忘れるって決めたじゃないか。

わかってる、わかってるよ、わかってるってば。

いくらあたいでも、依田さまの言葉を真に受けるほど世間知らずじゃない。いい気になって押しかけるほど厚かましくもない。

考えてもごらん。依田さまのおそばへ行って、あたいになにができるってのさ。焦がさずに粥を作るのがせいいっぱい。美味《うま》いもんは作れないし、洗い張りも繕い物も満足にできない。ここじゃ、習いたくても教えてくれるもんなどいやしない。

依田さまはあきれるに決まってる。口では言わなくても、あんなこと言うんじゃなかったと後悔するかもしれない。依田さまに嫌われるのは死ぬより辛い。

唇を嚙みしめ、身を起こした。布子のしわをのばして髪を結わえなおし、下駄をつっかけて路地へ出た。

足を踏み出すなり陽光にたじろいだ。あんなに禍々しい夜のあとに、こんなにあっけらかんとした昼が来るなんて、なんだか騙されてるみたいだ。

下駄を鳴らして井戸端へ行く。

路地にも井戸端にも厠にも人影はなかった。

顔を洗い、口をすすいで水を飲み、米を洗う。

ここまで遅くなったんだ。あわてたってしょうがない。

上の空で粥を食べた。

御囲では今頃、お犬役人も人足衆も血相を変えて猛犬を探しまわっているはずだ。けたたましく、お犬さまが吠え立てた。

あたいは椀を置いた。

やっぱしこうしちゃいられない。

伊助も孫兵衛も粂蔵もいない。他にも逃げ出したやつがいるかもしれない。その上お犬さま探しに人手を取られたんじゃ、お犬さまのお世話が手薄になっちまう。お犬さまがひもじい思いをしてると思うと、じっとしてはいられなかった。

あたいは瓶の中から銭を取り出した。与吉の歯だけ残して。なぜそんなことをしたのか、自分でもわからない。ふところへ押し込んで長屋を飛び出した。通い慣れた道を二の御囲の御門へ向かう。

辻番所の前を通りかかると、刺股を手にしたお侍さまが立ったままいねむりをしていた。とやかく言うことじゃないけれど、なんとなく肩すかしを食わされたような気になる。

中途半端な時刻のせいか、御門へつづく道は閑散としていた。御門のまわりにもちらほら人影があるだけで、朝夕の混雑とは打って変わってひっそりしている。

御門の手前で足を止め、お侍さまの長屋を眺めた。

あの中のどこかに依田さまの家がある。そう思っただけで胸がときめいた。思わず引き寄せられそうになったものの、自分を叱りつけ、足を踏ん張った。

お犬さまが待ってるんだ、さあ、とっととお行き。

顔見知りの門番に挨拶をして御門をくぐった。

「もう午《ひる》だぞ」

別に咎めるふうはない。閑《ひま》だから退屈しのぎに声をかけたんだろう。

「隣人が急な病で、見捨ててもおけず、つい遅くなってしまいました」

出まかせを言った。

お侍さまはあっさりうなずいた。

足を踏み出そうとすると、「まあ待て」と呼び止めた。

「なれば知らんじゃろうから教えてやる。昨夜、お犬屋敷から猛犬が逃げた」

「あれま」

「大部屋にお住まいのお犬さまが、一匹残らずお逃げあそばしたそうじゃ」

「へええ、そりゃたいへんだ」

あたいは大げさに驚くふりをして見せた。

驚きっぷりが真に迫っていたんだね。お侍さまは満足げに背を反らせた。

「捕まったんですか」

すまして訊ねると、もじゃもじゃの太い眉をひそめた。

「目下探索中じゃ。どこにひそんでおるかわからぬゆえ、気をつけたがよいぞ」

行けというので行きかける。

「人足頭も逐電した」

お侍さまは思い出したようにつけ加えた。

「お咎めに怖れをなしたんじゃろう。なんと言うたかの、新しい人足頭が決まったゆえ、そいつから詳しい話を聞くがよい」

あたいは礼を述べて歩き出した。

依田さまの思いどおりに事が運んでいるのを知って、まずは胸を撫で下ろす。

いつものように子犬養育場へ急いだ。

みんな子犬のことまで手がまわらなくて、まだ小屋に閉じこめられているんじゃないか。水も餌も与えられないままに、きゃんきゃんくんくん鳴いてるんじゃないか。

心配はひと目で吹き飛んだ。

明るい陽射しの中で、子犬たちが元気よく駆けまわっていた。

よかった。今朝もだれかがちゃんと世話をしてくれたんだ。

柵の中へ入ってお犬さまの名を呼ぶと、子犬たちが尻尾を振って駆けて来た。

「耳子。元気そうだね」

じゃれついてきた子犬を抱き上げる。

すると、背後で尖った声がした。

「そいつぁ権兵衛《ごんべえ》ってんだ」

驚いて振り向いた。

糞をつまむ長い箸と糞入れの桶を手にした小僧っ子が頬をふくらめ、あたいを見上げていた。頭のてっぺんで髪をひとつにくくった茶筅髷《ちゃせんまげ》、つんつるてんの粗末な布子を身にまとった、十になるかならずの男の子だ。

近隣の農家の子供らしい。

それにしたって、御囲でこんな子供を見るのははじめてだ。

「あたいは耳子って呼んでたんだ」

小僧っ子相手に言い張るのも大人げないけど、ついむきになって言い返した。

「おいらは権兵衛って名付けたんだ」

「権兵衛ってのは牡の名だろ。耳子は牝だよ」

「かまうもんか」

あたいたちは睨み合った。

自分の名前でもめているんで気詰まりになったのか、耳子は身をよじって暴れた。

地面へ下ろしてやると、他の子犬たちとじゃれ合いながら駆け去る。

「おまえ、だれだ？」

「犬吉。二の御囲のお犬さまお世話係だよ。おまえは？」

「庄《しょう》太《た》。五の御囲のお世話係だ。といっても勝手に手伝ってるだけだけど。御囲の向こうっかたにおいらんちがあるんだ」

五の御囲と聞いてどきりとした。依田さまは五の御囲のお犬同心だ。

「なんでここにいるんだい」

「あっちはどんどんお犬さまが少なくなってるんだ。お犬同心のお侍さまに、ここは手が余ってるから、今日から二の御囲に行けって言われたのさ」

そうか。依田さまはあたいが眠りこけてる間に、二の御囲が混乱しないよう、早々と手を打ったんだ。

なんだかうれしくなった。

「わかったよ。これから権兵衛にしよう」

笑顔を見せると、庄太もにっと笑った。

「いいや、耳子で。でっかい耳だから覚えやすいや」

「ずいぶん手慣れてるんだね」

あたいは手桶を覗き込んだ。

「お父《とう》もお母《かあ》も爺ちゃんも婆ちゃんも畑で手いっぱいだろ。小っこい頃から御囲にもぐり込んじゃ、お犬さまと遊んでたんだ。お父がそろそろ畑に出ろっていうから、そんならお世話係になりたいってがんばったのさ」

「お犬さまが好きなんだね」

うん、と、庄太はうなずいた。

「好きだから、ずうっとそばにいたいんだ」

そうだね……。好きだったら、ずうっとおそばにいたいよね。

あたいは吐息をもらした。

なんて未練がましいのさ。自分で自分のお尻を叩いてやりたいよ。

「餌も水もやってくれたのかい」

気を取りなおして訊ねた。

「むろんさ」

「病に罹ったり、怪我をしたりしてるお犬さまはいなかったかい」

「二匹いる。外へ出たがらないんだ」

庄太と連れだって小屋へ入った。

一匹は眠っていた。灰色と白の斑犬だ。昨日まで元気に跳びまわっていたから心配はなさそうだ。

もう一匹、真っ黒な子犬は見るからにだるそうだった。毛もだいぶ抜けていて、鼻も乾いている。

あたいは菊丸を思い出した。

「病犬小屋へ連れてったほうがいいかもしれないね」

「薬もらって来て、おいらが看病するよ」

「他の仕事はいいのかい」

「手は足りてるってさ。おいらの他にも、五の御囲から人が来てるんだ」

「ふうん」

そういえばここへ来るまでも、取り込んだ様子はなかった。いち早く人足頭も決まったっていうし、あたいが思った以上にお犬役人の手際がよかったんだろう。

依田さまがいらしたからだ。このぶんなら、米の横流しのお取り調べももうはじまっているにちがいない。

庄太にあとを任せて、餌飼場へ向かう。

餌飼場ではお犬さまの夕餉の仕度の真っ最中だった。

大釜のそばに、病犬小屋係の辰蔵さんがいた。

「お役替えになったのかい」

妙に思って訊ねると、辰蔵さんは肩をすくめた。

「なにがあったか知らんが、賄い係は一人残らずお役人に引っ立てられたそうでの。あっちこっちの御囲から助《すけ》っ人《と》が来ちゃあいるが、助っ人だけじゃあ勝手がわからねえ。で、与吉があっしを呼びに来たんだ」

「与吉……」

「知らんのか、今朝から与吉が人足頭だ」

ちょうどそのとき、お犬さまのうなり声が聞こえた。つづいていくつもの犬の声、人の声。だれかが犬分水をかけたのか、騒ぎがすうっと引いてゆく。

あたいの知ってるかぎりでは、与吉は昨晩の祭に加わっていなかった。銭惜しみをするこすっからいやつだけど、あれで案外ぬけ目がないから、不穏な気配にいち早く勘づいて小屋で寝たふりでもしてたんだろう。

それにしてもあの与吉がねえ。

やり逃げしようとして、あいつはあたいに柄杓で殴られた。へし折ってやった歯は、そういや、まだ瓶に入ってる。

「あの歯、頭《かしら》になった祝いに返してやろうかね」

あたいはくすくす笑った。

「なんじゃい、歯って」

辰蔵が目をしょぼつかせて訊ねた。

「こっちのことさ。それより寛次だけど」

「あいつならいねえよ。いつもつるんでる仲間とどっかへ消えちまった。伊助と示し合わせて逃げ出したんだろう。お役人衆が探してる」

やっぱしそうか。昔話をしたときの暗い横顔がふっとまぶたに浮かんだ。

「五郎八さんは」

「さっきお犬屋敷のそばで見かけたが……」

餌飼場をあとにしてお犬屋敷へ向かう。

道々、いきなり腕をつかまれた。

「今晩、行くぜ」

噂をすれば影とやら、人足頭になりたての与吉だ。昇進したせいか、昨日までとはちがって横柄な口ぶりだった。

あたいは与吉の手を振り払った。

「おあいにくさま。廃業したんだ」

与吉は目を丸くした。

「嘘つけ」

「嘘なんかつくもんか。十匁もらったってごめんだね」

「おれは頭だぞ」

「頭だって頭領だってお役人だって公方さまだって、あたいは買えないよ」

与吉はぽかんとあたいを見つめている。

きびすを返した。

ああ、せいせいした。こんなにいい気分になったのははじめてさ。

御囲でもらう給金は雀の涙だ。売女を廃業しちまったら、明日からどうなるか。熊平さんみたいに、お犬さまの粥のお残りをもらってすすらなくちゃならなくなるかもしれない。それでもいいやと、あたいは思った。死ぬまで生きられりゃそれでいい。

依田さまはあたいに自分の足で歩けとおっしゃった。自分の頭で考えろと……。

お犬屋敷へ行くまでに、何人か新参者とすれちがった。他の御囲の人足だって男に変わりはないからね。好奇に満ちた目であたいをなめまわす。

「おめえ、ここのお世話係か」

名前を訊いてくるもんもいた。

「おう、犬吉。しばらくだな」

親しげに声をかけてくるのは、あたいを買ったことのあるやつだ。

御囲は変わらない。伊助や寛次や孫兵衛がいなくなっても。

六

五郎八さんはいなかった。

お犬屋敷のまわりにはお侍さまが群れていて、物々しい気配がたちこめている。

探すつもりはないのに、気がつくとあたいは依田さまの姿を探していた。賄い係が引っ立てられたというから、依田さまもお取り調べに立ち会っておられるはずだ。もちろん姿はない。

お犬屋敷を眺めた。

ここで昨夜なにがあったか。あんなにたくさんのおぞましい出来事があったなんて、今となっては夢としか思えない。

苦楽を共にした弁慶の傷を診てやりたかった。条蔵の刺股に小突かれた傷だ。

立ち入りは禁止だという。

突っ立っていたら、お侍さまの話し声が聞こえてきた。

「いや、細川越中守《えっちゅうのかみ》さまのお屋敷には十七人と聞いたぞ」

「毛利さま水野さま松平さまが十人ずつか」

「そんなとこだろう。どうなるかの、ご処分は」

「まさかそろって死罪にはなるまいが」

「わからぬぞ」

「上杉さまがどう出るか」

「どうもならぬわ。抗議はいっさいなし。火の粉を怖れて首をちぢめておるそうな」

浅野の浪士の討ち入りの話だ。

我が身のことにかまけて忘れてたけど、そういえば、昨夜はお江戸も特別な一夜だったんだ。お江戸の人たちも、きっと眠れぬ夜を過ごしたんだろうね。

お侍さまの話であたいにわかったのは、浪士の数がずいぶんたくさんだってことと、あちこちにお預けになったけどまだ生き延びてるってことだ。

なぜか背筋がざわっとした。

ま、浪士がどうなろうと、あたいにはどうでもいいことだ。

お犬屋敷を離れて、犬小屋をひとつひとつ覗いた。

星影も月子も安泰だった。

午後のひとときを、あたいは見知った顔や見知らぬ顔に混じって、糞集めと布団洗いに専念した。

忙しくしていれば、依田さまのことを考えずに済む。

五郎八さんを見つけたのは、お犬さまに夕餉の水と餌を配り終えて、あとは戸締まりをして帰ろうってときだ。

五郎八さんはお犬屋敷の裏手の井戸端にうずくまっていた。

あたいも傍らにしゃがみ込む。

五郎八さんは身をこわばらせ、怯えたようにあたいを見た。両眼が濡れている。

「突き出さねえのか」

かすれた声で訊ねた。

「だれを、どこへ」

「あっしを、お上へ」

「ばか言わないどくれ。あたいの恩人じゃないか」

「お犬さまを見殺しにした。おめえも」

五郎八さんは鼻をすすった。

「逃げようかとも思ったが、どっこも行くあてがねえ。この寒空じゃ。飢え死ぬのがオチだ。お江戸は餓死者があふれてるってぇから」

あたいもつられて鼻をすすった。

怨んでなんかいないよ、五郎八さん。いないともさ。

「あたいもおんなしだよ。あたいら、ここで身を寄せ合って生きてきたんだ。家族同然だよ」

「見逃してくれるのか」

五郎八さんは目を瞬いた。

「あたりまえじゃないか。なんであたいがよけいなことしゃべるのさ。お犬さまは逃げちまったんだ。それでお終いさ」

つぶれた蛙みたいな声が聞こえた。

五郎八さんのほうは見ないで、あたいは爪を噛んだ。

夕暮れになるとぐんと冷え込む。いくらもしないうちに、じっとしてるのが耐えがたくなった。

「凍えちゃうよ。帰ろ」

腰を上げる。

猛犬探しに駆けまわってたお侍さまや人足衆もとうに引き上げたようだ。お犬小屋のまわりに群れていたお役人もあらかた帰っちまって、だるまのように着ぶくれた少人数の見張りだけが、それだけ着込んでもまだ寒そうに行ったり来たりしている。

歩き出そうとすると、五郎八さんがつぶやいた。

「あんなに浮かれるなんてどうしちまったのか、狂ってたとしか思えねえ」

あたいは聞こえないふりをして立ち去った。

五郎八さん、祭ってのはたぶん、そういうもんさ。

幾千代姉さんのおいらん道中を思った。それから、この目で見たわけじゃないけど、無惨だったと聞く死にざまを思い描いた。

姉さんが死んだのはあたいが旗本屋敷へ引き取られてひと月もしない頃で、その話をあたいにしたのは若殿さまだった。

姉さんはおいらん道中で鈴なりの見物人をわかせて揚屋《あげや》へ行き、お大尽《だいじん》の相手をした。贅沢のかぎりを尽くし、ため息が出るような華やかさだったという。

見世へ帰って、翌朝、首を括った。帰ってからも楽しそうに笑い声なんかたてていたから、姉さんがなぜそんなことをしたのか、だれにもわからずじまいだった。

御門へ向かって歩きながら、あたいは急に息苦しさを感じた。

足まで重くなる。

なにかが、生霊か死霊か、あたいに取り憑いて、このままじゃ御囲の外へは出さないぞとがんばってるみたいだ。

足を止めた。

幾千代姉さんは、もしかしたら、祭ばかしの毎日に飽き飽きしちまったんじゃないか。

あれはいつだったか、節句買いの衣装一式を届けて来た呉服屋の女将《おかみ》が、姉さんにお愛想を言った。

——一生に一度でいいから、こんなお衣装を着てみたいものでございますよ。

すると姉さんはこめかみに青筋を立てた。

——籠から出て空を飛べるなら、こんなもん、わっちは欲しくありんせん。

あたいは向きを変えて、熊平さんの小屋目ざして歩きはじめた。どうしても熊平さんに会わなくちゃならないような気がしたんだ。

西の空が燃えていた。

昨日の今頃、菊丸が死んだ。骸をふところへ入れて病犬小屋を出た。あれがはじまり。

菊丸を埋めて、依田さまを見つけた。お陰であたいは気づいた。雷光は御囲にいるんじゃない、あたいの胸の中にいるんだって……。

そんなことを考えながら足早に歩いた。

お犬さまの声が遠雷のように聞こえている。

熊平さんの小屋はがらんとしていた。中を覗いてみたけど、だれもいなかった。孫兵衛や粂蔵をお奉行所に連れていって、そのまま足止めされているのかもしれない。熊平さんは別にわるいことをしたわけじゃないから、囚われの身にはならないはずだ。お調べが長引いているんだろう。

待ってみようか。

足踏みをしていたら、犬埋場へつづく木戸が開いているのに気づいた。

あたいはふらふらと足を踏み入れた。行き当たりばったり、竹の卒塔婆の間を縫うように歩く。

どのくらいうろついていたんだろう。

手足は冷えきっているのに脇の下が汗ばんで、体の奥がはげしく波立っている。

お天道さまが沈んで、地平すれすれに、残光が領巾《ひれ》のようにたなびいていた。卒塔婆から伸びた影が、あたいに向かっていっせいに腕を突き出してる。

言ってごらん。さあ、おまえたち、なにが言いたいのさ。

声が出ないのは胸がつかえてるからだ。あたいもおんなし。苦しくて切ないよ。ねえ、どうしたらいいんだい。

うめいたときだった。人影を見つけた。

もさりとした大きな影と、ひとときもじっとしていられないのか、ぴょんぴょん跳ねまわる小さな影。熊平さんと庄太だ。

二人は手をつないでこっちへ歩いて来る。

熊平さんは鋤を担いでいた。お犬役人に内緒で、お犬さまの骸を埋めていたのか。

あたいを見つけて庄太が駆けて来た。

「茄子丸《なすまる》が死んじゃったんだ」

茄子丸っていうのは、ぐったりしてた子犬の名前だ。庄太の目には、真っ黒な子犬が茄子のように見えたんだね。あたいはそれよかましな名前をつけてたけど。

「お役人さまに届けたのかい」

「埋めていいって言ったもん」

「依田さまが……」

考えるより先に名前が飛び出した。

「姉ちゃんも依田さま、知ってんのか」

庄太は目を輝かせた。

「まあ、知ってると言えば知ってるけど……」

「おいら、大好きさ。依田さまはね、病気の犬や怪我した犬、見るとほっとけないんだ。依田さまには可愛がってた妹がいてね、そのひとは足が不自由でお屋敷から外へ出られなくって、体も弱かったんだって。でも、お犬さまが大好きで、猟犬ぜんぶに名前をつけて遊んでいたんだ。そのひとが死んだ夜はね、お犬さまはみんなで朝まで遠吠えしてたんだってさ。お侍さまのくせに、この話になると、依田さまは決まって泣き出しそうなお顔になるんだぜ。いつだって弱いもんの味方なんだ」

熊平さんが近づいて来た。

「どうしてこんなとこにおるんじゃ。依田さまが探しておられたぞ」

あたいは熊平さんの顔を見返した。

熊平さんはやさしい目であたいを見下ろしている。

「なにをぐずしとる」

あたいの手に束ねた名古屋帯をにぎらせた。

息が詰まった。くらくらした。頬が熱くなった。けど、あたいは一歩も動かなかった。

「気おくれしとるなら……」

「そうじゃないんです。あたい、迷ってるんです。今まで、ちゃんと考えてなにかしたこと、一度もなかったから」

熊平さんは真顔になった。

「一瞬の過ちのためにわしは三十年悔やんだ。が、今となればそれもむだではなかったような気がする。人の一生、むだなことはなにもないぞ」

庄太がけげんな顔で二人を見比べている。

「なあ、庄太。掘り起こしたら、骨がごろごろ出て来たろ」

「うん」

「どのみち骨になるんじゃ。したいことをせにゃあ」

「だからおいら、お犬さまのお世話をしてるんだ」

庄太は得意げに鼻をうごめかせた。

熊平さんはあたいに視線を戻した。今度は目が笑っている。

「ここは庄太とわしに任せておけ。先のことなどあれこれ考えるな。おまえは、おまえの思ったことをすればいいんじゃ」

帰るぞ、と、庄太をうながした。

二人はあたいを置き去りにして歩きはじめた。

夕空いっぱいに、幾千代姉さんが婉然《えんぜん》と微笑《ほほえ》んでいる。

熊平さん……。

熊平さんはあたいの背中を押してくれたんだね。その大っきな手で。そうだよね。

お犬さまの声が戻って来た。

獣の臭いと、土中から滲み出た死臭と、それから今、お犬さまの骨骸の上に立って身をふるわせている女の臭いがひとつに混じり合って、霧のように流れてゆく。

小鼻をふくらませた。

依田さまの匂いがした。死ぬまで忘れないように、あたいは深々と息を吸い込んだ。

愛しい匂いを胸いっぱい詰め込む。

依田さま。あたいはもう、長屋へは帰りません。御囲にも。

荒縄を捨てて帯を結ぶ。

夕陽のかなたに目をやると、びっしり並んだ卒塔婆の合間に犬の姿が見えた。力強い四肢、美しい胴体、艶やかな毛並み、賢《さか》しげな顔……。あたいを見つけるや、雷光は跳ぶように駆けて来た。うれしそうに吠え、体がもげそうなほど尻尾を振る。けれども、差し伸べた手に湿った鼻を押しつけ、温かな舌で指先をなめただけで、それ以上、近づこうとはしない。ふたつの目玉が、朝の光が満ちてくる寸前の闇のように、きらめきながら消えてゆこうとしていた。

「おさらばだよ」

手を引っ込めた。

雷光に背を向け、足を踏み出した。

あっけにとられている熊平さんと庄太を追い越し、砂を蹴り立ててあたいは歩く。

お江戸へつづくあの道を、へたばるまで歩いてみよう。どこまで行けるか、なにに行きつくかわからないけれど。

あたいには、あたいの足ってやつがあるんだ。

あとがき

拙著『犬吉』をタイトルと装いも新たに再びおとどけできる幸せを、私は今、かみしめています。刊行させていただいた多くの本の中で、希少な一人称の、大好きな小説だからです。

本書を書くに当たっては、真っ先に中野区の歴史民俗資料館へ取材にうかがいました。展示されていた〈お犬籠〉を目にして、約二十九万坪の土地に約十万匹もの犬が収容されていたと知ったときの驚き――〈生類憐みの令〉の概要は教科書で習っても、こうした事実は教えられていませんでした。私の中で突然、歴史が現実として生々しく立ち現れた瞬間でした。なんとかこの臨場感を丸ごと小説にしたい……そう願って生まれたのが、虐げられてもめげない〈犬吉〉と呼ばれる娘の切ない恋の物語です。

もうひとつは赤穂浪士の吉良邸討ち入り。江戸の歴史では見過ごすことのできないこの大事件は、元禄という価値観の転換期に起こった象徴的な出来事として様々な考察がなされています。私も赤穂浪士にまつわる小説を何冊か書かせていただきました。水面に石を投げると水の輪が広がってゆくように、中野のお犬小屋にも事件の余波はおしよせてきました。当夜の熱気、抑圧された者たちの狂乱も、ぜひとも書きたいテーマでした。

中野のお犬小屋については、調べれば調べるほどに興味深い事実があらわになってきます。まだ書き足りないような気がずっとしていました。そこで新たに書かせていただいたのが「婦人公論」での連載を経て平成三十年に単行本、昨年文庫本として刊行された『元禄お犬姫』です。犬吉とお犬姫はコインの裏表のようなもの。今回、かつての『犬吉』をより読みやすく手直しして刊行させていただくことで、ようやく陰と陽がぴたりと合わさったような気がしています。

『犬吉』への私の熱い思いを汲んで本書をつくって下さった中央公論新社の藤平歩さまと瀧澤晶子さまに心より御礼を申し上げます。

そして本書を手に取って下さった皆さま、本当にありがとうございました。

令和四年春

著者

〈参考資料〉

中野区立歴史民俗資料館常設展示図録　（中野区教育委員会）

元禄お犬様始末記　（竹田直・著／中野区立歴史民俗資料館蔵）

犬鷹大切物語　（吉田豊・編／柏書房）

尚、中野区立歴史民俗資料館の元館長・比田井克仁氏に取材のご協力をいただきました。謹んで御礼申し上げます。

本書は、『犬吉』（二〇〇三年三月　文藝春秋刊、二〇〇六年三月　文春文庫）を
加筆・修正のうえ、改題したものです。

中公文庫

ひと夜《よ》の恋《こい》

――元禄《げんろく》お犬《いぬ》小《ご》屋《や》異《い》聞《ぶん》

2022年 6 月25日　初版発行

著　者　諸《もろ》田《た》玲《れい》子《こ》

発行者　松田陽三

発行所　中央公論新社

〒100-8152　東京都千代田区大手町 1-7-1
電話　販売 03-5299-1730　編集 03-5299-1890
URL https://www.chuko.co.jp/

DTP　ハンズ・ミケ
印　刷　大日本印刷
製　本　大日本印刷

Published by CHUOKORON-SHINSHA, INC.
Printed in Japan　ISBN978-4-12-207223-7 C1193

各書目の下段の数字はＩＳＢＮコードです。978－4－12が省略してあります。

中公文庫既刊より

も-26-2　美女いくさ　諸田玲子

信長の気性をうけつぎ「女弾正忠」と称された小督は、愛する夫と引き裂かれながらも、将軍家御台所として、戦国の世を逞しく生き抜く。〈解説〉中江有里

205360-1

も-26-3　花見ぬひまの　諸田玲子

幕末の嵐の中で、赤穂浪士討ち入りの陰で、女たちは生命を燃やした。高杉晋作の愛人おうの、二人を匿った野村望東尼……儚くも激しく、時代の流れに咲いた七つの恋。

206190-3

も-26-4　元禄お犬姫　諸田玲子

「生類憐みの令」のもと、犬をめぐる悪事・怪異が相次ぐ江戸の町。野犬猛犬狂犬、なんでもござれの「お犬姫」が、難事件に立ち向かう。〈解説〉安藤優一郎

207071-4

も-26-5　恋ほおずき　完全版　諸田玲子

浅草田原町の女医者。恋の痛みを癒すため、御法度の子堕ろしを手がける彼女は、あろうことかそれを取り締まる同心と恋に落ちてしまう。最終章を書き下ろし。

207158-2

あ-59-4　一　路（上）　浅田次郎

父の死により江戸から国元に帰参した小野寺一路は、参勤道中御供頭のお役目を仰せつかる。家伝の行軍録を唯一の手がかりに、いざ江戸見参の道中へ！

206100-2

あ-59-5　一　路（下）　浅田次郎

蒔坂左京大夫一行の前に、中山道の難所、御家乗っ取りの企てなど難題が降りかかる。果たして、行列は期日通りに江戸へ到着できるのか――。〈解説〉檀　ふみ

206101-9

あ-59-6　浅田次郎と歩く中山道　『一路』の舞台をたずねて　浅田次郎

中山道の古き良き街道風景や旅籠の情緒、豊かな食文化などを時代小説『一路』の世界とともに紹介します。いざ、浅田次郎を唸らせた中山道の旅へ！

206138-5

あ-59-7
新装版 お腹召しませ　浅田次郎
幕末期、変革の波に翻弄される武士の悲哀を描く傑作時代短編集。書き下ろしエッセイを特別収録。司馬遼太郎賞・中央公論文芸賞受賞作。〈解説〉橋本五郎
206916-9

あ-59-8
新装版 五郎治殿御始末　浅田次郎
武士という職業が消えた明治維新期、行き場を失った老武士が下した、己の身の始末とは。表題作ほか全六篇に書き下ろしエッセイを収録。〈解説〉磯田道史
207054-7

あ-83-1
闇医者おゑん秘録帖　あさのあつこ
「闇医者」おゑんが住む、竹林のしもた屋。江戸の女たちにとって、そこは最後の駆け込み寺だった――。女たちの再生の物語。〈解説〉吉田伸子
206202-3

あ-83-2
闇医者おゑん秘録帖 花冷えて　あさのあつこ
子堕ろしを請け負う「闇医者」おゑんのもとには、今日も事情を抱えた女たちがやってくる。「診察」は、やがて「事件」に発展し……。好評シリーズ第二弾。
206668-7

い-132-1
走 狗　伊東 潤
西郷隆盛と大久保利通に見いだされ、幕末の表舞台に躍り出た川路利良。警察組織を作り上げ、大警視まで上り詰めた男が見た維新の光と闇。〈解説〉榎木孝明
206830-8

い-132-2
叛 鬼　伊東 潤
早雲、道三よりも早く下剋上を成し、戦国時代の扉を開いた男・長尾景春。悪名に塗れながらも、叛逆を続けた武士の正義とは？〈巻末対談〉本郷和人×伊東潤
207108-7

い-132-3
戦国鬼譚 惨　伊東 潤
いま裏切れば、助かるのか？ 武田家滅亡期。すべてを失うかもしれない状況を前にした人間の本性を描く、五篇の衝撃作。〈巻末対談〉逢坂 剛×伊東 潤
207136-0

い-132-4
戦国無常 首獲り　伊東 潤
手柄を挙げろ。どんな手を使っても――。首級ひとつで人生が変わる。欲に囚われた下級武士たちのリアルを描く六つの悲喜劇。〈巻末対談〉乃至政彦×伊東潤
207164-3

う-28-16
新装版 孤闘 立花宗茂
上田秀人
乱世に義を貫き、天下人に「剛勇鎮西一」と恐れられた猛将の、対島津から対徳川までの奮闘と懊悩を精緻に描いた、中山義秀文学賞受賞作。〈解説〉末國善己
207176-6

お-82-1
時平《しへい》の桜、菅公の梅
奥山景布子《きょうこ》
孤高の俊才・菅原道真と若き貴公子・藤原時平。身分も年齢も違う二人は互いに魅かれ合うも、残酷な因縁に辿り着く——国の頂を目指した男たちの熱き闘い！
205922-1

お-82-2
恋衣 とはずがたり
奥山景布子
後深草院の宮廷を舞台に、愛欲と乱倫、嫉妬の渦に翻弄される一人の女性。遺された日記を初めて繙いた娘の視点から、その奔放な人生を辿る。〈解説〉田中貴子
206381-5

お-82-3
秀吉の能楽師
奥山景布子
太閤秀吉を能に没頭させせよ、との密命を帯び、天下人に近づいた能楽師・暮松新九郎。能に見せた秀吉の狂気はやがて新九郎を翻弄してゆく。〈解説〉縄田一男
206572-7

お-82-4
江戸落語事始 たらふくつるてん
奥山景布子
口下手の甲斐性なしが江戸落語の始祖⁉ 殺人の濡れ衣や綱吉の圧制に抗いながら、決死で〝笑い〟を究めた咄家・鹿野武左衛門の一代記。〈解説〉松尾貴史
207014-1

お-82-5
圓朝
奥山景布子
「怪談牡丹灯籠」を生んだ近代落語の祖・三遊亭圓朝。師匠や弟子に裏切られる壮絶な芸道を歩み、人々に愛される怪物となった不屈の一代記。〈解説〉中江有里
207147-6

な-12-3
氷輪（上）
永井路子
波濤を越えて渡来した鑑真と権謀術策に生きた藤原仲麻呂、孝謙女帝、道鏡たち——奈良の都の政争渦巻く狂瀾の日々を綴る歴史大作。女流文学賞受賞作。
201159-5

な-12-4
氷輪（下）
永井路子
藤原仲麻呂と孝謙女帝の抗争が続くうち女帝は病に。その平癒に心魂かたむける道鏡の愛に溺れる女帝。奈良の都の狂瀾の日々を綴る。〈解説〉佐伯彰一
201160-1

各書目の下段の数字はISBNコードです。978－4－12が省略してあります。

な-12-5
波のかたみ 清盛の妻
永井路子
政争と陰謀の渦中に栄華をきわめ、西海に消えた平家一門を、頭領の妻を軸に綴る。公家・乳母制度の側面から捉え直す新平家物語。〈解説〉清原康正
201585-2

な-12-15
雲と風と 伝教大師最澄の生涯
永井路子
苦悩する帝王桓武との魂の交わり、唐への求法の旅、空海との疎隔——。最澄の思想と人間像に迫った歴史長篇。吉川英治文学賞受賞作。〈解説〉末木文美士
207114-8

は-72-1
常世《とこよ》の勇者 信長の十一日間
早見俊
桶狭間から一年後。隣国・美濃との盟約に執着する織田信長。そのとき何が身に起こったのか。天下布武を決意するまでの十一日間を描く。〈解説〉縄田一男
206361-7

は-72-2
最後の名裁き 大岡越前ふたたび
早見俊
老境に達したかつての名奉行と、評定所の若き留役。かけ離れた境遇の二人が、藩主押し込めに端を発した、老中による御家乗っ取りの陰謀と対決。書き下ろし。
206638-0

は-72-3
御蔵入改事件帳
早見俊
元長崎奉行の荻生但馬は、幕府の新役である御蔵入改方頭取を拝命した。町奉行所や火付盗賊改が取り上げない訴えや未解決事件を探索するため、江戸を奔る！
206842-1

は-72-4
魔王の黒幕 信長と光秀
早見俊
一向一揆の撫で斬り、比叡山焼き討ち、荒木村重一族の皆殺し——魔王の如き織田信長の所業の陰には、明智光秀の存在が。彼の狙いは一体？〈解説〉細谷正充
206911-4

は-72-5
御蔵入改事件帳 見返り橋
早見俊
江戸の未解決事件はおれたちに任せろ！ 訳あって長崎奉行を罷免された荻生但馬が、新役の御蔵入改方頭取に。個性豊かな五人組が悪を討つ。文庫書き下ろし。
206980-0

は-72-6
御蔵入改事件帳 世直し酒
早見俊
御蔵入改の紅一点・お紺は、大坂生まれのすり「猿寅のおっちゃん」から、曰く付きの財布をすってしまったと相談を受け……（表題作）。文庫書き下ろし。
207048-6